恐怖の報酬

赤川次郎

角川文庫
20874

目次

第一話　神の救いの手

1

どうしよう……。

木原昭子《しようこ》は、紛れもなく自分の筆跡で書き込まれている伝票を、呆然《ぼうぜん》として見下ろしていた。

無意識に手が事務服のポケットを探って、ボールペンを取り出していた。――書き直してしまおう。そうすれば……。

そうすれば？

そんなことをしても何にもならないのだ。――分っていた。でも、せめて……。

せめて、この馬鹿げたミスの証拠を、消してしまいたかった。

「分っただろ」

と、ビルの駐車場を管理している永井が愉快そうに、「あんたの字だよ。そうだろ？」

「ええ……」

「自分が日付を間違えてるんだ。こっちに文句言わないでくれよ。迷惑だ」

「すみません」

と、頭を下げた。

五十過ぎの永井は、昭子の勤める〈P事務機〉が入っているこのNビルの管理会社の社員である。

Ｎビルには二十社からのテナントが入っているので、地下の駐車場は、いつもパンク状態。――昭子は社外の顧問を招いて開く夕食会の手配を担当している。

今日は出席者の内、五人が車でみえるので、その分の駐車場を確保しておく必要があった。

その伝票は一週間も前に、永井の所へ提出してあったのだが――。

先週、祝日が入って、曜日を勘違いした昭子は、伝票を明日の日付で出してしまったのである。

「――何とかなりませんか」

と、昭子は永井に食い下った。「五台分、どうしてもいるんです」

「今夜はよそも会合が多くてね」

と、永井はけんもほろろに、「空いてるのは三台分だけだよ」

「何とかそこを――」

「無茶言うなよ。自分が間違えたんだぞ」

「はい……」

「その三台分だって、伝票がなきゃ、申込みがあったら回しちまうよ」

昭子は青ざめた。

「これ、書き直していいですか」

「だめだね。承認の印があるだろ。新しく書いて持って来な」

「じゃ――すぐ書いて来ます！　三台、空けといて下さいね！」

と、昭子はエレベーターへと駆け出した。

「何ていやな奴！」

と、エレベーターに乗った昭子は、口に出して言っていた。

あの永井には、ずいぶん意地悪されて、このビルのOLたちが泣かされている。よりによって、その永井へ頭を下げなくてはならない。――昭子は、考えただけで胃が痛くなった……。

木原昭子は二十四歳。ベテランとは言えないにしても、新人とも言っていられない身だ。

急いでオフィスの席へ戻ると、伝票を書き直し、課長の印をもらおうとした。

「――課長は？」

「外出よ」

と、他の女性社員が言った。

「外出？　いつ戻るの？」

「五時になってるけど、いつも遅れるからね、課長」

昭子は天を仰いで、ため息をついた。ツイてないときはこんなものだ。

でも、どうしよう？

早くこの伝票を持って行かなくては。——永井は、分っていていてわざと他へ駐車場を回してしまう。本当に、そういう男なのだ。

——仕方ない。

ともかく、印は後回しでも、この伝票を先に持って行こう。

エレベーターホールへと駆け出して、

「ワッ!」

出会いがしらに、ぶつかりそうになって、お互い声を出し、尻《しり》もちをついていた。

「——すみません!」

と、昭子はあわてて謝ったが、「あ、三橋さん……」

と、息をつく。

「木原君か! びっくりした」

と、笑って立ち上ったのは三橋正巳。

「ごめんなさい! つい、あわてていて」

昭子は情ない気分で、「でも、三橋さんで良かった」

と言っていた。

「何だ、どうした? 何かあったの」

三橋正巳は、三十一歳で、この〈P事務機〉のイベント課長のポストにいる。

いくら〈P事務機〉が中小企業でも、三十一歳の課長は異例の若さだ。その点では、昭子など、気軽に口をきける相手ではない——はずなのだが。

「この伝票……」

と、昭子は、三橋に事情を話して、「もちろん、私が悪いんだけど、ツイてないったらありゃしない」

と、こぼした。

三橋は、およそ「エリート」とは程遠いイメージの、丸顔にメガネをかけた、人なつっこい笑顔の男で、昭子に限らず、女性社員たちも三橋には何でも話せるのだった。

「そりゃ気の毒にね。でも、誰だって、そんなミスはやってるさ」

「ね、そうよね？」

三橋にそう言われると、何となく安心する。「——ありがとう。元気が出たわ」

そして、

「少しね」

と付け加えた。「早く伝票持ってかなきゃ！」

「待てよ。課長の印がないんじゃ、また永井さんに文句言われるぜ」

「だって、戻ってくるのを待ってられないわよ」

「僕に任せて」

「え？」

三橋は、昭子を促して、オフィスへ戻ると、昭子の課の課長の席へスタスタと歩いて行き、机の引出しを開けて、中から認印を取り出した。

呆気《あっけ》に取られている昭子の目の前で、三橋は伝票に印を押して、

「さ、これでいい。早く持って行きな」

「ありがとう」

――昭子の属している庶務の課長は里谷といって、仕事柄（？）かなり細かい。自分の認印が、留守の間に勝手に使われたと分ったら、カンカンになって怒るだろう。

「心配するな。何かあれば、僕が押したと言えばいい。課長同士だ。大丈夫だよ」

三橋がそう言ってくれると、本当にそんな気がしてくるのだ。

「ありがとう！」

と、くり返し、「じゃあ」

と行きかけると、

「――木原君」

と、三橋が呼び止める。「駐車場、何台分いるって？」

「五台。でも、三台しか空いてないの」

「そうか」

三橋は肯《うなず》いて、「そう心配することもないさ。二台くらい、キャンセルが出ることもあるよ」

「そう願うわ」

と、昭子は微笑んで、エレベーターへと急いだ。

——永井が、窓口で面白くなさそうにしている。

「これ、新しい伝票です」

と、昭子は言った。「あの……まだ空いてますよね？」

「ああ」

永井はふてくされて、「一台、よそでキャンセルがあった」

「やった！　じゃ、四台分、大丈夫ですね」

「そういうことだな」

永井は、昭子が大喜びで伝票の〈台数〉のところを書き直すのを眺めていた。

「どうせ一台は足りないんだろ」

と、永井が憎まれ口をきく。

「もう一台キャンセルが出たら、必ず知らせて下さいね」

昭子は、この「一台分」が、三橋と出会ったせいで舞い込んだのかもしれない、という気がして、上機嫌でオフィスへと戻って行った。

2

「お疲れさまでした」

昭子は、最後の客をエレベーターの所で見送って、ホッと息をついた。

夜、十時を少し回っている。

「木原君、後、頼むよ」

と、担当の男性が言って、もうコートをはおっている。

「はい。片付けて帰りますから」

昭子は、片付けを手伝って、と言いたいのを、何とかこらえた。

——顧問の誰かと飲みに行くことになっているので、急いでいるのだ。

「分ってんだからね」

と、昭子は舌を出してやった。

とはいえ、少しぐらい手伝ってくれても、後々まで、

「手伝ってやった」

と、恩を着せられるのでは、何もしてくれない方が気楽だ。

昭子は、夕食会の後片付けを急いでやった。——こういうことは、勢いをつけてやってしまわないと、いやになる。

でも——助かった！

一台分足らなかった駐車場は、その後キャンセルがあって、間に合わせることができたのである。

「普段の心がけよね」

と、自分で言ったりしてみる。実際には、あの後、二台分キャンセルがあったので、結局、一台分は空いてしまったことになる。

手早く片付けを終ると、帰り支度をした。——もうオフィスには誰も残っていない。十時を過ぎているから、当然とも言えるのだが、やはり人気《ひとけ》のないオフィスに一人で残っているのは気持のいいものではなく、昭子も早々にオフィスを出た。

最後に出ると、鍵《かぎ》をかけなくてはならないので、それが面倒だ。その鍵を、また永井の所へ返さなくてはいけないのである。

少々気が重かったが、別に悪いことをしているわけじゃなし……。

エレベーターで一階へ下りると、昭子は管理室の窓口を覗《のぞ》いた。

中で女性が一人、泣いていた。

永井が困った顔で、それを眺めている。

何だろう？——昭子は窓口のガラスを軽く叩《たた》いた。

永井が気付いてやって来ると、

「何だ？」

「オフィスの鍵です。私が最後なんで」

と、鍵を窓口の中へ入れると、「——どうしたんですか？」

「いや、困ってて……。な、女同士、話してみてくれないか」

昭子は、ためらったが、自分とあまり年齢の違わないような女性が泣いているのを、放ってもおけなかった。

「――どうしたんですか？」

と、中へ入って訊《き》くと、

「あなた、ここの方？」

と、涙に濡《ぬ》れた顔を上げる。

「このビルに入ってる〈P事務機〉の者ですけど……」

「私、このビルの三階に入ってる会社の人と婚約していたんです」

「三階というと……。ああ、カメラのメーカー……」

「その販売部です。今日、仕事が終って、待ち合せていました。でも――約束の八時に来てみると、彼は営業の外回りから戻ってないっていうんです。携帯電話でも連絡が取れないと……」

「それで？」

「私、心配で待っていました。そしたら、警察から連絡が入って――」

「それじゃ……」

「車がトラックと衝突して……。即死だったっていうんです」

と言って、その女性は泣き出した。

「――気の毒でしたね」

何と言っていいか、分らない。昭子は、永井の方を見た。

「ロビーで倒れちまったのさ」

と、永井が迷惑していることを隠そうともせずに言った。「どうせなら、その会社の中で倒れてくれりゃ良かったのに」

「そんな……。気の毒じゃありませんか」

昭子は腹が立って言った。

「じゃ、その人を連れてってくれよ。いつまでもここで泣かれてても困る」

「すみません……。もう大丈夫です」

と、立ち上って、「お邪魔しました……」

「待って。――お宅はどこですか？ 送りますよ」

昭子は永井のふてくされた顔をちらっとにらんで、その女性の腕を取って支えると、

「じゃ、永井さん、後は私が」

「ああ、よろしく頼むよ」

永井は、昭子たちが夜間通用口の方へ向うのを見送っていたが、

「そうだ。――おい、あんた」

昭子が振り向くと、永井はニヤリと笑って、

「空いた駐車場の一台は、その彼氏の分だよ」

と言った。

昭子は、初めてそのことに気付いた。

もちろん、昭子に事故の責任があるわけでも何でもないが、それでも気持の上では、この女性を自宅へ送って行く、充分な理由になったのである……。

昭子が、一人住いのアパートへ帰ったのは、もう十二時近かった。

六畳一間のバス・トイレ付き。——都心に近いので、それでも結構な家賃を取られている。

秋の夜、一日、人のいなかった部屋は、寒いほどだった。

気が付くと、留守番電話に点滅がある。

再生ボタンを押してみると、

「——三橋です」

という声で、びっくりした。

「三橋さん……」

「駐車場の方、大丈夫だったのかな？　あまり気を落とさないで。毎日暮してりゃ、いいことも悪いこともあるからね。じゃ、また明日……」

三橋の爽《さわ》やかな声が、耳に心地いい。

もう少し早い時間なら、こっちから電話するのだが、十二時では……。

三橋の所は、奥さんと、三つぐらいの裕子《ひろこ》という女の子の三人暮し。夜遅く電話して、子供が目でも覚ますといけない。

明日、お礼を言っておこう、と思った。

着替えていると電話が鳴って、急いで出てみると、

「――あ、帰ってたのか」

「三橋さん。今帰ったところなの。わざわざ留守電まで……。かけようかと思ったけど、お子さんが起きちゃうといけないし……」

「今夜はどうだった？　駐車場、足りたかい？」

「ええ、足りた。ありがとう、心配してくれて」

「いや、それなら良かった。やっぱりキャンセルってあるもんだろ？」

「ええ。実はね、伝票出しに行ったら、もう一台分キャンセルになってて、その後、二台分空いたんで、結局一台分は余っちゃったんだけど」

「そうか。――ま、ともかくホッとしたね」

「ええ。ただ……」

と、つい言ってしまって、「あ、いいえ、三橋さんのせいじゃないのよ」

「何だい？」

昭子は、管理室で会った女性のことを話して、

「――その人を送ってあげたんで、こんな時間になっちゃったの」

と言った。

「なるほど。──いや、木原君は優しいね」

「そんなことないわ。三橋さんこそ、わざわざ──」

「いや、君がそんなことで叱られでもしたら、可哀そうだと思ってね」

三橋の気持が、疲れて帰った昭子の胸にしみた。傷にしみるオキシフルみたいに。

「──三橋さんが家族持ちでなきゃ、好きになっちゃう」

「木原君、酔ってるのか？」

「失礼ね！　本気よ」

と、昭子は言ってやった。

「そりゃ、もっと怖いや」

と、三橋が笑ったので、昭子の方も笑い出してしまった。

──電話を切って、シャワーを浴びた昭子は、心地良くベッドに入って、すぐに眠りに落ちた。

そして……電話が鳴って、目を覚ましたのは、午前四時ごろ。

「何かしら……」

いたずらだったりしたら、頭に来るわね、と思いつつ受話器を上げると、何だかグスグスと泣いているような声。

「──もしもし？」

と言ってみると、

「昭子？　私、典子……」

「ああ、何だ、びっくりした！」

加藤典子は、大学の時の友人である。勤め先が近いこともあって、今も時々、飲みに行ったりする。

「どうしたの？　泣いてるの、典子？」

「今夜――由加たちと会うことになってたの。今夜っていうか、ゆうべね」

「由加たちって――」

「倉田君と由加よ」

「ああ、来月式挙げるって言ってたよね」

山田由加も同じ大学の仲間。同じサークルの先輩だった倉田という男と結婚することになっている。

「式の時のことで話そうってことになってて、ゆうべ九時ごろ待ち合せたけど、二人とも現われなくて……。由加の携帯にかけても通じないの。諦《あきら》めて、帰って来たんだけど……」

「どうしたの？」

典子が声を詰らせている。ただごとではない。

「さっき、由加のお母さんから電話で……。倉田君の車が、トラックとぶつかって……」

一気に眠気がさめていく。

「由加……けがを？」

「倉田君も由加も……死んじゃったって」

――昭子は、これが悪い夢であってほしいと願いながら、しかし現実に違いないことを、よく知っていた……。

3

「何だ、この忙しいのに」

と、課長の里谷は、昭子の早退届を見て、顔をしかめた。

「すみません。学校時代の友人が事故で亡くなって、今夜お通夜なので」

と、昭子は言った。

「通夜？――ふん、そうか」

里谷は渋々という様子で、伝票に判を押した。

「明日の告別式にも出たいのですけど、午後二時ごろには出社できると思います」

「ふむ……」

里谷も、「葬式」に文句はつけにくいと見えて、「じゃ、出て来たら遅刻届を出せ」

「ありがとうございます」

当り前じゃないの、と言ってやりたいのを何とかこらえて、机へ戻り、片付けて、隣の子へ仕事の伝言をすませると、

「よろしく。ごめんね」

と、椅子を机の中へ入れて、オフィスを出ようとした。

里谷が、聞こえよがしに、

「俺の若いころは、家族が死んでも仕事は休まなかったもんだがな」

と、大きな声で言った。

昭子はムッとしたが、あんな奴に腹を立てても損するだけ、と自分へ言い聞かせ、ロッカー室へと急いだ。

持って来ていた黒のスーツに着替えて、エレベーターホールへ出ると、三橋と出会った。

「――やあ。何だい、お葬式?」

と、昭子の服装を見て訊《き》く。

「ええ、ゆうべ……」

昭子が事故のことを話すと、

「そりゃ気の毒に。――若い人が亡くなるって、気が重いね。ご両親を元気付けてあげておいで」

「ありがとう……」

あの里谷課長と、何という違い！

昭子は、少し爽《さわ》やかな気分になって、一階へと下りて行った。

永井が、ビルの正面玄関のあたりで、タバコを喫っていた。――ロビーは禁煙なのである。

「何だ、葬式か？」

と、昭子を見て言う。

答える気にもなれず、

「ええ、ちょっと」

とだけ言って、ビルを出ようとした。

「そういう格好すると、少しは女に見えるぜ！」

永井が投げつけた無神経な言葉に、昭子はまたいやな気分になって外へと出たのだった……。

「まさかね……」

と、典子がため息と共に言った。「二人の結婚式に何着て行こうかって考えてたのに、こんな格好でお葬式に出ることになるなんて……」

昭子は肯《うなず》いて、

「人生、何が起るか分んないわね」

と言った。

——電車は夜十一時を過ぎて、もう空《す》いて来ている。

酔って寝ているサラリーマンもいれば、塾の帰りか、大きな鞄《かばん》を抱えて欠伸《あくび》をくり返している小学生もいる。

「あの、眠ってる男の人が、二度と目を覚まさないってこともあるかもしれないね」

と、典子が言った。

「やめてよ。ただでさえ気持がふさいでるのに」

昭子は、ふと思い付いて、バッグから携帯電話を取り出した。もちろんお通夜の席ではスイッチを切ってあったのだが、何かメッセージが入っていないか、見たのである。

「——何もない。——典子、明日の告別式は？」

「うん、行くよ」

「じゃ、どこかで待ち合せようか」

と言っていると、ちょうど手にしていた携帯電話が鳴り出した。「誰だろ。——はい、もしもし」

「あ、昭子さん？」

同じ課の同僚である。

「ああ、弥生《やよい》さん。何かあったの？」

「それがね——。明日も、遅刻でしょ？」

「ええ」

「今日、あなたが早退した後でね、永井さんがうちの課長の所へ来たの」

「永井って——ビルの管理の？」

「そう。それで、里谷課長に何か話してったのよ。そしたら、里谷課長がね、『俺の判を勝手に使ったのは誰だ！』って凄《すご》く怒り出して」

「それって——」

「昭子さん、昨日、駐車場の伝票、書き直して出したんでしょ。永井さん、里谷課長が外出してる間に、その直した伝票が出されてたって、わざわざ言いに来たのよ」

昭子は愕然《がくぜん》とした。

「急いでたのよ。だって、永井さんが、早くしろって——」

「そういう人じゃないの、あの人。でもさ、里谷課長も、もちろんあなたが出したって知ってるわけでしょ。それを、わざと大騒ぎして、みんなを怒鳴りつけて……。みんな呆気《あっけ》に取られてたわ」

昭子も青くなった。

「じゃ、明日行ったらクビかな」

「ともかく、雷が落ちるって覚悟しておいた方がいいわよ」

「ありがとう」

「もし、朝から来られるなら、その方が、と思って」

「うん。分るけど、親友の告別式だもの。いくら怒鳴られても出る」

「分った。じゃ、それだけ」

「知らせてくれてありがとう。心の準備ができたわ」

昭子は電話を切った。

「——何ごと?」

と、聞いていた典子が心配そうに言った。

昭子は簡単に事情を説明した。典子は呆《あき》れて、

「いやな上司の下にいるのね」

と、同情してくれた。「でも、判を押したのは、その三橋さんって人なんでしょ?」

「うん。でも、三橋さんに責任転嫁したくない。私が謝るわよ」

典子は微笑んで、

「昭子、昔とちっとも変ってないね」

と言った。

——昭子は、里谷にも腹が立ったが、永井のやり方に、心の底から怒りを覚えた。

もし目の前に永井がいたら、ためらわず、ぶん殴っていただろう。

世間には本当に、「人に嫌われるのが趣味なのか」と思うほど、人のいやがることをくり返す人間というのがいる。

それは、昭子が世の中に出て知ったことの一つである。

もちろん、そういう人も、若いころからそうではなかったのかもしれない。色々、自分も辛《つら》い思いをして、人が信じられなくなったのだろう。

しかし、そういう人間と係《かか》わらざるを得ない立場になったら、やはり悲劇である。

――典子が先に電車を降り、一人になった昭子が息をつくと、携帯電話がまた鳴り出した。

「もしもし？」

「あんたか」

その声に耳を疑った。

「あの――」

「永井だよ」

「どうしてこの番号を？」

と、思わず訊《き》いていた。

「そんなこと、どうでもいいだろ。そんなに迷惑か？」

「何のご用ですか？」

と、昭子は言った。

「聞いてないのか？」

「伝票のことですか」

「ああ。――なあ、これからビルへ来いよ。話し合おうぜ。次第によっちゃ、里谷さんへ、俺の勘違いだったと言ってやる」

永井の言葉に、昭子はしばらく返事ができなかった……。

4

木原昭子がやって来るのを、どこかから見ていたのだろう、〈夜間通用口〉のドアは、昭子が前に立つと、まるで自動ドアみたいに開いた。

むろん、開けた永井は目の前に立っていて、

「やあ、こんな時間によく来たね」

と、柄にもない愛想笑いを浮かべていた。

「来たくて来たわけじゃありません」

と、昭子は言ってやった。

「分ってる。——別にあんたをいじめて喜んでるわけじゃない。そう怖い顔をしないでくれよ」

「生れつきこういう顔です」

昭子は、誰がそんなお愛想にごまかされるもんか、と思った。

——やって来てしまったのは、三橋に迷惑がかかるのを心配したからである。

明日になって、里谷に怒鳴られるのはいい。しかし、それを聞いたら三橋が出てくる

ことになるだろう。

　同じ課長といっても、五十代半ばの里谷に比べれば、三橋は息子のように若い。三橋が里谷にネチネチと文句を言われるところなど、昭子は見たくなかった。

「──まあ、入れよ。どうせ俺一人だ」

　永井は、昭子を管理室へ入れると、お茶などいれて、「この菓子、今日、出張帰りの人にもらったんだ。甘いもん、好きかい？　なかなかいけるよ」

　昭子は、初めから喧嘩《けんか》腰《ごし》でも仕方ないので、一応出された菓子をつまみ、お茶を飲むと、

「永井さん」

　と、話を切り出した。「確かに、私、伝票を出すのにうちの課長の印を勝手に使いました。でも、それはあなたが『印なしじゃ受け付けない』と言ったからです」

「そんなこと言ったっけ？　どうも忘れっぽくなってね」

　と、永井はとぼけている。

「でも、理由はともかく、印を勝手に押したのは私が悪いんですから、明日、ちゃんと課長に謝ります」

　と、昭子は言った。「でも、永井さんはもうそのことで余計な口を出さないで下さい」

「余計な？」

「だって、そうじゃありませんか。そんなの、うちの社内のことで、あなたが口を挟む

必要なんかないでしょう?」

「まあね。——ただ、あんたがいつも俺のことをいやな目で見るからさ。人間、誰だって嫌われたいわけじゃない。なあ、俺はあんたに悪い感情なんか持っちゃいない。それなのに、あんたは俺のことを、何か汚ないもんでもみるような目で見る。こりゃ不当ってもんだぜ」

昭子は、怒った口調が出ないように用心しながら、

「人間、合うとか、合わないってことはあるんじゃないですか? 私、永井さんとは合わないと思ってるんです。——でも、そんな目つきで見ているつもりはありませんわ」

「そうかねえ……。でも、たとえばあんたは、もし俺が一晩付合ってくれと言っても断るだろ?」

昭子が表情をこわばらせる。永井は笑い声を上げて、

「冗談だよ! そんな怖い顔することないさ」

と言った。

「当り前です! 私、もう帰ります」

と、昭子は立ち上ったが——突然膝《ひざ》の力が抜けて、床に倒れてしまった。

「おい、大丈夫かい? 酔ってるのか?」

と、永井が抱え上げようとする手を必死で払って、

「酔ってなんかいません! 触らないで!」

目が回った。——一瞬の内に、昭子は床へ再び倒れ込み、意識を失っていた。

意識は、失ったときと同様、突然戻って来た。

というより、気が付くと意識が戻っていて、とっさには自分が意識を失っていたことすら、思い出せなかった。

しかし、数秒後には、いやでも思い出すことになったのである。

ここは？——私、どこにいるんだろう？

はっきりと周囲が見えてくると、全身の血の気がひいて、鳥肌が立った。

湿った布団がかけられて、その中で、昭子は服を脱がされ、裸で寝ていたのだ。

三畳ほどの小さな部屋。自分の服が、畳の上に投げ捨てられている。

「——目が覚めたのか」

永井が顔を出した。「いや、あんなに薬がよく効くとは思わなかったんで、心配したぜ」

昭子は、言葉もなく布団を顎《あご》まで引張り上げて、じっと永井をにらんでいた。

「——そうにらむなよ。俺はな、あんたのことがずっと好きだったんだ」

「卑怯者《ひきようもの》！」

昭子の声が震えた。

「何とでも言うさ。——ああ、だけど、心配いらないぜ。俺はもう女は抱けない。その代り、じっくり眺めて、触らせてもらったよ。それと写真が趣味なんでね、無邪気な寝顔を撮っておいたよ」

永井は、時計へ目をやると、「もう朝の七時だよ。友だちの告別式じゃないのか?」

朝の七時……。

「出てって!」

と、昭子は叫ぶように言った。

「俺も仕事にかかる時間だ。――じゃ、またな」

永井は親しげに笑って出て行った。

昭子は唇をかみしめて、泣くのをこらえた。

誰が――誰が泣くもんか!

かみしめた唇が切れて、血が一筋、顎へと伝って落ちた……。

――昭子は、〈夜間通用口〉のドアを開けて、もう明るくなった外へ出た。

急いでアパートへ帰り、着替えをして、由加たちの告別式へ出るのだ。

歩き出そうとすると、

「木原君じゃないか」

――振り向いた昭子は、三橋が車から降りて来るのを見て、

「三橋さん……。こんな時間に?」

「イベントがあるときは、早朝なんだよ。今日なんか遅い方だ。――君、どうしてこんな時間に？」

三橋の穏やかな笑顔を見たとたん、支えていたものが失われて、昭子はワッと泣き崩れてしまった。

「木原君……。おい、大丈夫か？」

三橋が面食らって、あわてて昭子を抱きかかえるようにして、車に乗せた。

「走らせて！」

と、昭子は言った。「離れたいの！　お願い！」

「分った」

三橋が車を出した。

――十分ほど走って車が停ると、昭子はゆうべの出来事を打ち明けた。

「ひどい奴だ」

「私が油断したんだわ」

「しかし……元はと言えば、僕が里谷さんの判を勝手に使っちまったせいだ。――すまなかったね」

「いいえ！　そんなこと、考えてません。本当よ」

と、昭子は言った。「――お仕事があるんでしょ。ごめんなさい」

「いや、大丈夫。アパートまで送ろうか」

「甘えていい？」

「いいとも」

三橋は肯《うなず》いて言った。

車を走らせながら、

「永井を警察へ訴えるかい？」

「いいえ。どうせ立証なんかできないわ。でも……写真を撮られたのなら、それを人に見せるって脅して、また同じことを言ってくるかも……」

「そうだな」

「私、会社を辞めて、どこかへ行こうかしら」

と、昭子は言った。

「そんなことじゃ、また永井が他の女の子に手を出すよ。味をしめてね」

「じゃ、どうすれば……」

三橋は黙って首を振ると、昭子をアパートの前まで送って行った。

「——どうもありがとう」

車を降りたときには、昭子は大分落ちついていた。「助かりました。本当に」

「うん……。元気を出して。その内、いいこともあるよ」

「ええ。永井の奴がキングコングに踏みつぶされる、とかね」

と言って、ちょっと無理はあったが、昭子は笑って見せたのだった……。

「遅くなりまして」

告別式から真直ぐ出社した昭子は、課長の里谷の所へ行って、遅刻届を出した。

ゆうべの、あのひどい体験に比べれば、何ほどのこともない。

伝票の印のことで叱られるのは覚悟の上である。

里谷がガミガミと言い出すのを待っていたが——。

「うん……。ご苦労さん」

と、里谷は引出しを開けて、遅刻届に印を押すと、「真直ぐ来たのか」

と、黒いスーツの昭子を見て、

「おい、誰か、木原君に浄めの塩をかけてあげなさい」

と、女の子の方へ呼びかけた。

昭子は面食らっていたが、同僚の弥生が立って、

「じゃ、ちょっと廊下へ出よう」

と、昭子を促した。

会葬御礼の中に入っていた塩を、弥生がパラパラと昭子の肩にふりかけて、

「課長がね、何だかすっかり様子、変っちゃって」

「どうしたのかしら？」

「分んないわ。今日は朝からいやにご機嫌なの」

「気味が悪いわね」

とはいえ、昭子だって怒鳴られたいわけではなかった。

「永井さんが何か言ったのかしら」

と、弥生に言われて、昭子はギクリとした。

「永井さん……里谷課長の所に？」

「いいえ、別に見たわけじゃないの」

と、弥生は首を振った。「ともかく、良かったじゃない」

「うん……」

しかし、昭子にとっては、永井と毎日顔を合わせるのに堪えられるかどうかという問題である。

今、出社して来たときは、永井は窓口にいなくて、どこかのガードマンらしい人が座っていた。今日は休んでいるのだろうか？

――ともかく、仕事がたまっている。

昭子は急いで事務服に着替えると、後は夕方まで、席も立たずに仕事に没頭した……。

「あと五分か……」

と、伸びをしながら、弥生の言うのが耳に入って、昭子はびっくりした。

四時五十五分だ。――まだ四時にはならないと思っていた。

うっすらと額に汗をかいている。

仕事に熱中したのは、ゆうべのことを忘れたかったからかもしれない。――むろん、こんなことで忘れられはしないが。

電話が鳴って、出ると、

「やあ、真面目に働いてるかい？」

永井の声がまとわりつくように聞こえて、「切らないでくれよ。悪いことをしたな。――なあ、仲直りしようじゃないか」

「それは無理かと思います」

と、事務的に言って、「ではこれで――」

「待ってくれ！　俺はね、今、旅行中なんだ。――三日間、休みをもらってね、温泉でのんびりしてくる」

「それは結構ですね」

「なあ、今日、里谷さんに叱られなかったろう？」

と、永井は言った。「俺がちゃんと言っといてやったんだ。ゆうべのお返しさ。俺はね、親切にされりゃ、ちゃんと恩返しする男なんだよ」

昭子は受話器を持つ手が震えて、そのまま切ってしまった。

――あのなれなれしい口調。

このままでは終らない。永井は必ず、写真を種に、昭子をまた呼びつけるだろう。

――三日間。

三日間、温泉に行く。

その三日の間に、ここを辞めてしまおう。

そうすれば……。

終業のチャイムが鳴った。

「――昭子、帰り、飲んでかない？」

と、弥生に誘われて、昭子はためらわず、

「うん、行く！」

と、答えていた。

アパートへ戻ったのは十一時半を少し過ぎていた。

少し酔っていたが、「酔う」という感覚が、ゆうべの出来事を思い出させたので、アルコールを控えていた。

カーテンを引いて、着替えていると、電話が鳴った。

一瞬、永井かと用心して、留守電のままにして聞いていると、

「――昭子。まだ帰ってないの？　帰ったら、電話をちょうだい」

母の声だ。

急いで受話器を上げると、

「お母さん」

「ああ、帰ってたのなら出てよ」

「だって、いたずらだと困るから」

母の幸子は、留守電に吹き込むのに慣れていないので、いやがるのだ。

「何か用だったの？」

「ちょっとね……。あんた、帰ってこれない？　この次の日曜日にでも」

母の口調は深刻だ。

「帰れないことはないけど……。どうかしたの？」

「お父さんがね……」

と、幸子がため息をついて、「会社の方から、辞めてくれって言われているの」

昭子は絶句した。

父、木原竜三は五十八歳。あと二年で定年である。

「だって——もう二年しかないでしょ」

「そうなんだけど、会社が苦しいんだって。今、辞めてくれたら、退職金は半分くらいだけど出るって」

「半分？」

「それも、六十歳まで居残ったら、退職金は出せないかもしれないって言うのよ」

「そんな……」

父は、今の会社に創業以来勤めて来た。文字通り、一生を今の会社へ捧《ささ》げて来たと言ってもいい。

「お父さん、ショックでね。この二日、休んで寝てばっかりいるの。——ね、悪いけど、あんた……」

「分った。金曜日の夜行で帰るよ」

「そうしてくれる？　すまないわね」

と、幸子が遠慮がちに言う。

いつも、言いたいことを言い合って来た母と昭子だ。こんなに母が遠慮した口をきくのは、何かひけ目があるからだろう。

「ともかく、帰ってから、相談しよう」

と、昭子は言った。「兄さんは？」

「連絡したけど……。商売が大変で、それどころじゃないって」

母の苦笑する顔が見えるようだった。

昭子には兄がいて、本来なら母親のことも、まず兄が気にかけるはずだが、結婚した相手の家が商売をしていて、その働き手になっているので、さっぱり役に立たないのだ。

「分った。それじゃ……」

重苦しい気分で、昭子は電話を切った。

——父の収入がなくなる。

それは、父と母の老後にとって、大きな痛手だ。

今、昭子は、そう余裕はないまでも、月々二、三万の送金をしている。——今、会社を辞めて、自分まで収入がなくなったら……。

「だめだわ」

昭子は、その場に座り込んでしまった。

とても今の会社を辞めるわけにはいかない。

次の仕事がすぐに見付かるとも思えないし、収入も落ちてしまうだろう。

といって……永井と毎日顔を合わせるのかと思うと……。

途方にくれて、昭子はしばらく畳に座り込んだまま、動けなかった。

6

「ごめんなさい」

と、昭子は言った。

「どうして君が謝るんだ？」

と、三橋が言った。

「だって……私が無理を言って――」

「いいじゃないか。もちろんこうやって、一緒にいるだけでも、もしうちの女房に見られたら二、三発ぶん殴られるかもしれないけどね」

昭子は笑ったが、同時に涙が出て来て、妙な泣き笑いになってしまった。

――日曜日の夜、東京へ戻った昭子は、三橋の自宅へ電話を入れた。

もし奥さんが出たら切ろうと思っていたのだが、出たのは三橋自身で、しかも奥さんは子供を連れて、親戚《しんせき》の結婚式で実家へ帰っているという。

「お願い、会って下さい」

と、昭子は我知らず口走っていた。

抱かれるつもりだった。

しかし、三橋は、

「そんなことをすると、永井と同じような男になってしまう」

と言って、穏やかに昭子をなだめた。

昭子たちはホテルに入ったが、結局何もせずに、ただベッドで寄り添って寝ていたのである。

「――大変だったんだね」

と、三橋が言った。

食事しながら、昭子からおおよその話を聞いていたのである。

「ショックだったわ。私が帰ると、父がのっそり出て来たんだけど、つい何カ月か前に見たときから十歳も老けたようで……」

「会社ってのは冷たいものさ」

と、三橋は言った。「お父さん、そのまま辞めてしまうかもしれないね」

「ええ、私もそう思った」

と、昭子は肯《うなず》いて、「といって、次の仕事を探すような気力はないと思うの」

「そうだな。――そうやって、一つの会社にずっと忠実に働いて来たんだからな。気の毒だね」

「本当……。それで、私が今の勤めを辞めるわけにもいかなくなったの」

「そうか。だが、君がうちの社を辞める必要はないよ」

「ええ、筋からいえばそうよね。でも、あの永井と、また明日から顔を合わせるのかと思うと……」

「奴がまた脅してくるようなことがあったら、僕に言いなさい。直談判してやる」

「ありがとう……。でも、私はこれ以上三橋さんに迷惑かけたくないわ」

「迷惑なんて……」

「いえ、私に代って永井と話してくれても、それが元で、あなたと私の間が噂にでもなれば、お宅に迷惑がかかる。それは避けたいの」

「――分った」

と、三橋は言った。「君はいい人だね。本当に」

「悪い女だと思ってるけど、自分じゃ」

と、昭子は笑って言った。

「君のようないい人を、きっと神様は見捨てないよ」

三橋が割合真面目な調子で言ったので、昭子はちょっと面食らった。

「神様なんて、今どき聞かない言葉ね」

「そうかもしれないな。でも、僕は天罰とかそんな言葉を信じてるんだ。——人を泣かせる人間は、いつか必ず泣くときが来る。でなきゃ、不公平ってものじゃないか?」

「そうね。——そうだといいわね」

人生がそんなに公平にできていないことは昭子だって知っている。

でも、三十を過ぎて、三橋がもし本気でそう信じているとしたら、それはそれで美しいと思った。

「このまま眠りたい」

ベッドの中、三橋の胸に頭をあずけ、昭子は言った。

そうはいかないのだ。

明日は会社へ出なくてはならない。

それでも、昭子は、「あと十分」、「あと五分」と小刻みに自分を甘やかしてしまうのだった……。

「――おはよう」

弥生と顔を合わせて、昭子は少しホッとした。

ビルへ入るところで一緒になったのだ。

一週間が、永井と顔を合わせて始まるのでは、情ない。

「あら」

いつも永井がいる窓口には、今日もガードマンが座っていた。

「永井さん、お休みですか？」

と、弥生が声をかけると、

「何だか急に言われてね」

と、ガードマンが言った。「ゆうべ帰ってるはずだったらしいんだけど、今朝になっても連絡がないんだって」

「へえ」

弥生は昭子と顔を見合わせて、「ずーっと連絡なくてもいいよね」

「同感」

と、昭子は言った。

そして、月曜日のお昼休みのことである。

昭子は弥生と二人で近くのソバ屋に入った。昼食時は行列ができる、安いお店なのである。

二人でうまく滑り込んで、早々と食べていると、店のTVはお昼のニュースで──。

「ね、今……」

と、弥生が食べる手を止めて、「ニュースで……」

「え？」

「〈永井〉何とかって言わなかった？」

TVの方を見た昭子は、事故の現場らしい映像に、字幕で、〈Nビル管理会社社員永井建夫さん（53）〉と出ているのを見た。

「──あれ、永井さんのことよ」

と、弥生が言った。「どうしたんだろ？」

昭子は、アナウンサーの声に耳を傾けた。

「永井さんらの乗ったバスが、工事現場のそばを通ったとき、ちょうど現場の足場が崩れ、大型のクレーンがバスの上に倒れたものと見られます」

「うそ……」

と、弥生が呟《つぶや》く。

「バスには十人ほどの乗客が乗っていましたが、永井さんは一人で後部座席に横になって寝ていたため、ちょうどクレーンの下敷きになって即死したものです。他の乗客は数人が軽いけがをしただけでした」

——ニュースが変った。

その前に、TVの画面には、巨大なクレーンのアームが、バスの後部を紙の箱みたいにペチャンコに押しつぶしている様子が映し出された。

あの下に、永井がいた……。

「これじゃ連絡とれないわけだ」

と、弥生が言った。

昭子は、ソバをまた食べ始めた。

——人を泣かせたら、いつか自分が泣くことになる。

三橋の言葉が、昭子の耳によみがえって来た。

救われた。——救われたんだ。

これで毎日怯《おび》えながら会社へ行かなくてすむ！

昭子は、歓声を上げたいのをこらえるのに苦労した。

そして、ふと思い出していた。

三橋がアパートまで送ってくれた朝、自分の言った言葉を。

「その内、いいこともあるよ」

と、三橋に言われて、

「永井の奴がキングコングに踏みつぶされる、とかね」

と、昭子は言ったのだった。

あのバスのひしゃげた姿は、まさにキングコングに踏みつぶされたようだった。

7

会社へ戻ると、誰も永井の死のことなど知らない様子で、話題にもしていない。たぶん、あのTVニュースを見ていなかったのだろう。

里谷課長も、自分の席でスポーツ新聞を広げている。

弥生は、途中で化粧室へ寄っていた。

昭子は、自分の席に座ろうとして、ふと思い出した。永井が言っていたことを。

昭子が薬で眠っている間に、服を脱がせ、

「写真を撮った」

と、永井は言っていた。

もし本当だったら……。

永井の死がビルの管理会社の方へ知れたら、当然、寝泊りしている部屋を片付けることになる。もしそのとき、永井の撮った写真が見付かったら……。

昭子は、急いでエレベーターへと向った。

弥生がみんなに永井の死を知らせるに違いない。時間はなかった。

——窓口は昼休みで誰もいない。

ためらっている余裕はない。昭子は急いで奥へと入って行った。

引出しを次々に開けて、中を探る。

見当らない。――あれは出まかせだったのだろうか。

昭子に言うことを聞かせるための？

しかし――気になるのは、カメラが本当に置いてあったことで、ふたを開けてみたがフィルムは入っていない。

カメラがある以上、本当に写真を撮られたという可能性はある。

もしあるとすれば？

どこだろう？――昭子は必死で考えた。

しかし、永井は人が探しに来ることなど、心配していなかったはずだ。それに、取り出すのにそう手間どるのでは、ちょくちょく取り出して眺めるのに不便だ。

昭子はもう一度引出しを開けてみた。底に敷いた紙のずれている引出しがある。

それを上から触ってみると手応《てごた》えがあり、その紙をめくると、ネガとプリントが出て来たのである。

一目見て真赤になる。あわててネガとプリントを事務服の下へ押し込んでロビーへ出た。

ちょうどガードマンがランチから戻って来たところで、

「今日は」

と、昭子はニッコリ笑って言ったのだった……。

アパートへ帰ると、昭子は台所の換気扇を回して、そのすぐ下で、写真とネガを燃やした。

焼きながら、胸が悪くなってくる。

――少なくとも、あの永井に体の隅々まで見られ、覗《のぞ》かれ、写真に撮られていたのかと思うと……。

でも、もう大丈夫だ。

永井は死んだ。写真とネガも始末した。

昭子は、あんな死に方をした永井でも、同情する気になどなれなかった……。

燃やした灰をビニール袋に入れて、屑《くず》入れに捨てると、玄関のチャイムが鳴った。

ドアを開けると、昭子は驚いて、

「三橋さん！」

「突然ごめん」

と、三橋が言った。

「いえ……。いいんです」

ともかく三橋を上らせて、お茶をいれた。

「――こげくさいんじゃないか？」

と、三橋が言った。

「ちょっと……燃やしたものがあって」

と、昭子が言った。「——お茶、どうぞ」

「ありがとう。さては古いラブレターでも？」

「まさか。——あの写真」

「永井の？　じゃ、本当にあったのか」

「ええ。見付けたの」

昭子の話に三橋は肯《うなず》いた。

「言ったろう？　天罰だよ」

「ええ、本当ね。私もそう信じる気になったわ」

「良かったね。もう心配ない」

「ええ」

と笑顔で言ってから、「でも——どうしてここへ？」

「ちょっとね……」

「何かあったんですか？」

「君とホテルに入ったろう？　二人で出て来たのを、近所の奥さんが見ていたらしいんだ。それで、ごていねいに家内へ知らせて……」

昭子は青くなった。

「どうしよう！　奥様は？」

「怒って電話して来たよ。会社へね。また実家へ帰ると言って」

「そんなこと……。私、ちゃんとお話しします」

「ホテルに入って、何もしないで出て来たと言っても信じちゃくれないよ」

と、三橋は言った。「仕方ない。平謝りに謝って、戻ってもらうさ」

昭子は、しょげ返って、

「ご迷惑かけて……。こんなことになるなんて、思ってもみなかった」

「君のせいじゃない。ただ、事情を知ってた方がいいと思ったんでね。僕はこれから車で家内の実家へ行く」

「でも――分って下さるかしら」

「やってみるしかないよ。どうしても納得してくれなかったら、普段からよほど信用されてなかったってことかな」

三橋は軽い口調で言って、「――おいしいね、お茶」

「そうですか」

昭子は思わず膝《ひざ》を進め、「私、一緒に行って、奥様に説明します！」

「木原君――」

「もし……私が殴られてすむのなら、殴られます。だって――何もかも私のために……」

「いいかい、僕が誰とホテルに行っていたかは、知られてないんだ。わざわざ君が名のり出て、いざこざに巻き込まれることはないよ」

「――三橋さん」

「お茶をごちそうさま」

と、三橋が立ち上る。「突然、すまなかったね」

昭子は、三橋が玄関で靴をはくのを、座ったまま見ていたが、

「それじゃ、邪魔したね」

と、いつも会社で「お疲れさま」と声をかけてくれる、そのままの笑顔で出て行こうとするのを見たとき、もうたまらなくなってしまった。

「三橋さん！」

と、飛び立つように玄関へ駆け下りると、「行かないで！」

と、その背中に体を押し付けて言った。

「このままじゃいや！」

「木原君――」

「帰らないで。――帰さない」

二つの言葉の間に、三橋を振り向かせ、正面から向い合った昭子は、

「このまま帰るなんて、いやだ……」

と、自分の唇を三橋の唇に押し付けた。

抱いていた昭子が抱かれ、やがて明りを薄暗くした中、二人が結ばれるのに、そう時間は必要としなかった。

「――電話が鳴ってる」

と、三橋に言われて初めて気が付く。

「放っといていいわ」

今は、動きたくなかった。――三橋の腕の中で、充ち足りている今は。

やがて電話が鳴り止む。

「もう行くよ」

三橋は起き上った。

「奥さんの所に？」

「うん。裕子もいる。別れるわけにいかないんだ」

「分ってる。いいのよ、そんな意味で言ったんじゃないの」

一時間半ほどたっていた。

三橋が簡単にシャワーを浴びて、支度をする。

「じゃあ……」

「気を付けてね」

と、昭子は玄関で送った。「奥さんと仲直りして」

たった今まで寝ていた仲で、こんなことを言うのは変だろうか？　しかし、それは昭子の正直な気持だった。

窓の外に、三橋の運転して行く車の音がして、しばらく昭子はぼんやりと座っていた。

でも、それは孤独な「一人」ではない。「二人でいた後の一人」だ。まだ熱いものが昭子の中で燃えていた。

また電話が鳴り出して、昭子はにじり寄って受話器を上げた。

「――もしもし」

「昭子！　いたの？」

「あ、ちょっとさっき出そびれて……。ごめん。何なの？」

「あのね……」

母の声が震えた。「お父さんが……死んだのよ」

聞いて驚かない自分が意外だった。

分っていたのか。予感していたのか。

あの生気のない父には、「死」を予感させるものがあったのだろう。

「死んだって――どうして？」

「自殺したのよ。川へ身を投げて」

「――ひどい」

「夕方からいなくなって、捜してたんだけど……。夜になって、川下の橋に引っかかってるのが見付かったの」

「そう……」

父の思い、父の無念が、伝わってくる。

「何か遺書とか……」

「私と、昭子へのお詫《わ》びがひと言ふた言。会社に対してはね、『長い間、お世話になりました』って……」

父にとっては、勤めていた会社を憎むなどということは、考えられないのだろう。哀しく、腹立たしかった。

「昭子、悪いけど——」

「うん、明日そっちへ帰るわ」

「悪いわね」

——電話を切って、シャワーを浴びる。

永井が死んで、救われたと思ったのに、まるでその代償のように父が死んでしまった……。

プラスマイナス、ゼロ。——人生とは、こんなものかもしれない。

バスタオルで体を拭《ふ》きながら部屋へと戻ると、玄関のドアの下に白いものが覗《のぞ》いている。

白い封筒だった。

こんな時間に、誰が？

昭子は、いやな予感にためらいつつ、封を切った。

8

オフィスの空気が、どこか変っていた。

——何かあったのだ。

午後の三時ごろ、東京へ戻った昭子は、その足で出社した。一週間も休んでしまったので、仕事が気になっていたのだ。

だがオフィスはどこか違っていた。

「——昭子！」

弥生が顔を上げて、「来たの？」

「弥生……」

「ちょっと！——ちょっと来て！」

幸い、他の社員はそれほど気付いていなかった。

「——弥生、何かあったの？」

と、昭子は廊下へ出ると訊《き》いた。

「何も知らないの？」

「だって、父の葬儀や何かで、てんてこまいしてたんだもの」

「そうか……。あのね——」

と、弥生は声をひそめて、「三橋さんが捕まったのよ」

「何ですって？」

耳を疑った。

「それがね、会社のお金を使い込んだっていうことらしいんだけど」

「そんなこと、あるわけないわ！」

「私もそう思うけど、何しろ何千万円か、穴が開いたのは事実らしいのよ」

「だからって……」

「もちろん、三橋さんは否定してるわ。でも、警察の方じゃ、もう犯人扱いしてる」

昭子は青ざめたが、却《かえ》って、何としても三橋を救わねば、という気持になっていた。

「——何にそんなお金を使ったっていうの？」

「それなのよ」

弥生は、チラッと左右を見て、「昭子、帰って来たから、警察に呼び出されるよ」

「私が？」

「三橋さん、昭子に何千万円ものお金を注ぎ込んだって言われてるの。昭子が愛人で、って。——本当なの？」

そう訊かれると、否定できない。しかし、そうなったのはたった一回であり、それもつい一週間前のことだ。

「私、確かに三橋さんを愛してる。でも、お金なんて一切――」

と言いかけたときだった。

「木原君。出て来たんだね」

里谷課長が声をかけて来た。「ちょうど良かった。ちょっと会議室へ来てくれないか」

昭子は一つ息をついて、里谷について行った。

――空の会議室で、里谷は椅子を引いてかけると、

「弥生君から話は聞いたろう?」

「三橋さんがお金の使い込みなんかするわけありません!」

「しかし、君とは特別の仲だった。そうだね?」

「――はい。でもそうなったのは、ほんの一週間前です。私、お金なんか、いただいたことありません」

「しかし、お父さんが自殺したり、お宅は大変そうじゃないか。三橋君の援助があってもおかしくない」

「でも――」

「君は、何かと三橋君にお金を出してもらっていた。――そう証言するんだ」

昭子は里谷の目の、ずる賢い光に、初めて気付いた。

「それって、つまり……」

「僕を始め、幹部の数人が、愛人やギャンブルに金を使っていた。それがばれそうになったんで、三橋君に罪をかぶってもらうことにしたんだ」

と、平然と言って、「君も協力してくれるね？」

昭子は怒りで顔を真赤にして、

「できるわけないでしょう！」

と言い返した。

「そうか？——これをばらまかれても？」

里谷が、ポケットから写真を取り出して、机に置いた。

永井の撮った写真だ。

「これを……。じゃ、あのときアパートのドアの下から写真を入れて行ったのも……」

「君と三橋君がよろしくやっているのを、外で立ち聞きしているのは辛《つら》かったよ」

と、里谷は笑って、「しかし、君の部屋から三橋が出てくるところも、ちゃんと撮ってある。——もともと、僕が永井に言って、君を罠《わな》にはめてやったのさ。当然、写真もすべて僕がプリントしたものを持っている。これを社内にばらまかれたら、君はいられなくなるだろうね」

里谷は、昭子のことを誤解していた。

確かに、昭子としてはここをクビになるのは辛い。しかし、三橋を守るためなら、そんなことが何だろう。写真をばらまくのなら、やればいい。

その代り――昭子は決心していた。里谷を殺してやる。

天罰なんか、待ってはいられない。

そう決めると、昭子は演技の達人になって、

「それだけは勘弁して下さい」

と、泣いて見せた。

「君をいじめやしないよ。――なあ、僕はいつも君の写真を見て、憧《あこが》れていたんだ。いつかこの体を抱きたい、とね」

「私……何でも言う通りにしますから、その写真を返して」

と、潤んだ目で訴える。

「いいとも……。今夜、会社の駐車場で待っておいで」

と、里谷は言って、指先でそっと昭子の顎《あご》をなぞった……。

「忘れもの、ないかしら」

と、昭子は部屋の中を見回した。

大丈夫……。初めから、あまり部屋の中のものに触らないようにしたから、指紋は残っていないはずだ。

ホテルに入るときも、誰とも会っていない。――里谷も、昭子と会うことを、人には話していないだろう。

楽しみは人と分かち合わないタイプの人間である。

でも、もうその「楽しみ」も、今の里谷には縁がない。死んでしまえば、それきりである。

ホテルのベッドで、里谷は血に染まって死んでいた。

昭子は、里谷に刃物を振るうときも、至って冷静だった。

出血して、早く救急車を呼んでくれ、と哀願する里谷に、

「使い込みした人の名前を」

と、昭子はマイクロカセットレコーダーを突きつけて問い詰めた。「しゃべらない内は救急車は呼ばないわよ」

里谷は何もかもしゃべった。証拠になる手紙類の隠し場所も。昭子の写真はいつも持ち歩いているというので、鞄《かばん》の中から発見した。

「助けてくれ……早く……」

里谷の声が、段々弱くなっていくのを、昭子はじっと眺めていた。

初めから、助けるつもりなどなかったのだ。——そして、我ながら驚いた。

里谷が死んだのを確かめても、良心に少しの痛みも感じなかったことに。

昭子は、自分が変ったことを感じていた。——三橋への愛が、変えたのだろう、と思った。

9

「やあ」

三橋が立ち上って、駆け寄って来た。

「おめでとうございます」

と、昭子は頭を下げた。

「うん。君のおかげだ」

三橋は昭子を促して、表の車へと乗せた。

「――どこへ行くんですか？」

車が走り出すと、昭子は訊《き》いた。

「君に会わせたい人がいる」

と、三橋は言った。「君がやったんだろう？　里谷から自白のテープを……」

「すんだことは、もう訊かないで」

昭子は、三橋の方へ笑顔を向けて、「本当のことを明らかにしただけです」

「ありがとう。僕のために」

「いいえ」

少し間を置いて、「奥様は？」

「うん。真相が分って、少し見直してくれたようだよ」

「良かったわ」

——車は、気が付くと、長いトンネルの中を走っていた。

「ここ、どこかしら？　こんな長いトンネルって、ありました？」

しかも、妙なことに、そのトンネルには照明もセンターラインもなく、他の車が一台も通っていなかった。

「このトンネルはね、深い深い地底へ通じているんだ。——君に会いたがっている人たちがいる」

「え？」

夢を見ているの？　昭子はそう思った。でなければ、こんなこと……。

不意に車が停った。

ライトの中に、人影が二つ、浮かび上った。

「まさか……」

昭子は目をみはった。ズタズタになった服、血まみれの姿で、足を引きずりながら昭子の方へやって来るのは……。

「倉田さん？——由加？」

結婚式直前に、トラックと車がぶつかって死んだ山田由加と倉田の二人だ。

「由加……」

車を出て、昭子が言った。「悲しかったよ」

由加の、傷だらけの顔が笑った。

「何を言ってるの！　あんたのせいで、私たちが死んだんじゃないの！」

昭子は愕然《がくぜん》とした。

「何のこと？　私のせいって……」

「あんたが言ったんでしょう、『駐車場に空きがない』って」

「駐車場？」

「あんたの駐車場を空けるために、二人の人が死んだのよ。そしてその見返りに、私たちが死ななきゃならなかった……」

「待って！　何の話？」

昭子は混乱した。「三橋さん！　これって――」

振り向くと、三橋も車も消えていた。

「由加――」

視線を戻すと、もう由加と倉田の姿も消えていた。

何だろう、これは？――夢なら早くさめて！

トンネルは、果てしなく続いているようで、昭子は、ゆっくりと進んで行った。

ふと気が付くと、目の前に、誰かが背中を見せて、うずくまっている。

その背中には見覚えがあった。

「お父さん？」

と呼びかけると、その男がゆっくりと振り返る。

びっしょりと濡《ぬ》れた父が、うつろな目で昭子を見ている。

「お父さん……」

「昭子……」

「川へ身を投げたのね」

「違う。俺は死ななきゃいけなかったんだ。殺されたんだ。お前のせいで」

「私の？」

「お前は、ビルの管理人が死ねばいいと思ったんだろう」

「——永井のこと？」

「そいつが、お前の望み通りに死んだ。俺はそいつのための『支払い』だったんだ」

キングコングに踏みつぶされればいい……。

永井はクレーンの下敷きになって死んだ。

「そんなこと……知らなかったのよ！」

と、昭子は言った。

「憶《おぼ》えとけ……。この世じゃ、どんなものでも、タダじゃ買えないんだ」

と、父は言った。

「お父さん！」

手を伸ばすと、父の姿は消えた。

──この世じゃ、どんなものでも、タダじゃ買えない……。

俺は「支払い」だった……。

「そんなことって！」

と、昭子は言って、両手で顔を覆った。

「──もう泣くなよ」

三橋の声がして、顔を上げると、そこはトンネルの出口だった。

明るい光が、一杯に溢《あふ》れている。

「三橋さん……」

「僕は君の望みを叶《かな》えてあげた。君のことが好きだったからね。どうしても、君を僕たちの世界へ連れて行きたかった」

「あなたが？」

「そう。駐車場を空けることも、永井を殺すこともできる。その代り、君の愛する人の命で支払わねばならない」

「そんな……。そんなこと知ってたら……。そんなこと願わないわ！」

「しかし、君はもうそれを受け容《い》れたんだ。そうだろ？　永井が死んで、君は安らぎを手に入れたはずだ」

「でも、そのために父が死ぬと分っていれば……」

「人生はそんなものだよ」

と、三橋は微笑んだ。

明るくまぶしい光の方へ目を細めて、

「ここは……天国？」

と、昭子は訊いた。

「いや、もう一つの場所さ」

と、三橋は言った。「あの光は、燃え盛る炎の輝きだ」

「私が……この国へ？」

「君は立派に資格を持った。親友を死なせ、親を死なせ、そして自分の手で里谷を殺して、少しの良心の呵責《かしやく》も感じなかった。――もう君は僕らの仲間だ」

と、三橋は昭子の手を取って言った。「地獄へようこそ」


昼休み、昼食から戻ると、弥生がため息をついていた。

「どうしたの？」

「昭子。――いいわね、昭子は」

「何よ、突然？」

「三橋さん、やさしいでしょ？」

「でも、私はあくまで『友だち』よ。奥さんと娘さんを悲しませたくない」

「そうねえ……。しょせん妻は妻か」

と、弥生がせつなげな声で言う。

「弥生……誰か、奥さんのいる人を？」

「うん……。これ、他の人に言わないでね」

「もちろんよ」

「総務の……中畑さん」

と、小声で言う。

「ああ、あの人」

「奥さんのご実家に住んでるから、頭が上らないの。別れるわけにもいかない。このところ、私とのこと、奥さんに気付かれてるみたいで、チクチク皮肉言われるんですって！——もう別れようとか言われて、ショックよ」

「そう。辛いわね」

「あの奥さんがいなけりゃね……」

と、弥生は言って、ため息をついた。

昭子はふと微笑んで、

「分んないわよ、人生なんて。奥さんが急に事故で亡くなるとか」

「そううまくいくかしら」

「今はね、階段から落ちたりして、家の中で死ぬ人が多いんですってよ」

と、昭子は言った。

「いいなあ、私は何もしないで、幸福を手に入れられる！」

「そうね。――そうなるといいわね」

「本当！」

と、弥生は言った。

昭子は自分の席に座って、手帳を開いた。

そして書き込まれた「正」の字に一本付け加えると、

「今年はいい成績だわ」

と、我ながら満足げに肯《うなず》いたのだった……。

第二話　使い走り

1

ガラス窓の外では、大気が暑さで揺らいでいた。

TVの朝の天気予報では、「今日の最高気温は三十九度を超えるでしょう」と言っていたが、それは日かげでの気温。

オフィス街の炎天下の歩道では、軽く四十度を超し、おそらく五十度近いだろう。アスファルトの照り返し、それに立ち並ぶビルの冷房の排気が、さらに気温を押し上げる。

上着を律儀に着込んでいるサラリーマンなどいない。みんな暑さに顔をしかめ、汗をハンカチで拭《ぬぐ》いつつ、喘《あえ》ぐようにして歩いている。

タクシーに飛び乗る者も少なくないが、今の不況で、タクシー代を会社が出してくれないときは、誰もが暑さを耐えるしかない。

真夏のオフィス街は、奇妙に静かである。――みんな、声を出すのもおっくうな様子で、黙々と行き来しているからだ。

午前十時だというのに、今日も「炎暑の一日」がすでに始まっていた。

「まだ出かけないのか」

朝一番の会議を終えて、席に戻って来た課長の寺岡は、机の上の書類を見るより早く、そう言った。

課の中が静かになる。——みんな、何も聞こえていないふりをするのだ。

「柳井」

と、寺岡は言った。「まだ出かけないのかと訊《き》いてるんだ」

寺岡に背中を向けた格好で座っている柳井八郎は、じっと身を縮めていた。——そうすれば、寺岡の目にも入らなくなる、とでもいうように。

しかし、そんなわけはない。

「もう十時を過ぎてるぞ」

寺岡と柳井。——知らずに見れば妙な取り合せだ。

課長の寺岡悟は三十六歳という若さ。そしてその寺岡から呼び捨てにされている柳井八郎は、二十以上年上の五十八歳なのである。

「柳井！　聞こえてるんだろう」

重苦しい雰囲気に堪えられなくなったように、星野貞代が立ち上って、

「課長、冷たいお茶をいれましょうか」

と、できるだけ明るい声で言った。

寺岡は、ちょっと迷ってから、

「ああ、頼むよ」

と言った。「——おい、柳井」

立つんだ。どうせ逃れられないのだから。

柳井は、冷房で痛む膝《ひざ》を手で叩《たた》きながら、やっと立ち上った。

「はあ……」

と、寺岡の机の方へ二、三歩行くと、「今日も、でしょうか」

「当り前だ」

寺岡はこともなげに言って、「向うじゃ待ってるぞ。早く出かけろ」

柳井は、何か言おうと口を開きかけたが、思い直した様子で、

「では……出かけます」

「外出届を、ちゃんと出して行けよ。昨日は忘れてったろう」

「すみません」

「これだ。──持って行け」

寺岡は会議の議事録をポンと机の上に投げ出した。

「はい……」

柳井は、その数ページしかない薄い書類を手に取ると、自分の席へ戻り、それを大判の封筒へ入れた。

星野貞代が、冷たいお茶をグラスに入れて寺岡の机に置くと、席を立ってロッカールームへ向う柳井の方をチラッと見た。

「課長。今日は凄《すご》い暑さです。柳井さん、辛《つら》いと思いますけど……」

考える前に、言葉の方が先に出ていた。

寺岡は不機嫌そうに、

「暑いからって、会社を休みにするのか？　子供じゃないんだぞ」

と言った。「働くってのは辛いものなんだ。涼しい所にいるから楽なのか？　俺には責任ってものがあるんだ。柳井はただ封筒を届ければそれですむ。どっちが楽だというんだ」

言うだけ却《かえ》って悪くなる、と貞代は悟った。

「すみません」

と、頭を下げ、盆を手に廊下へと出た。

ロッカールームのドアが開き、柳井が出てくるのを見て、貞代は、

「柳井さん！」

と、小声で呼んだ。

「出かけてくるよ」

すっかり型崩れした上着を着て、柳井は言った。

「冷たいお茶、飲んでく？」

星野貞代は、二十四歳。高卒で、事務をしている。――柳井から見れば、娘の年齢だ。

「ありがとう。しかし、外へ出りゃ汗になる。やめとくよ」

柳井は、白くなった髪を手でなでつけ、「おかしいだろ、髪が立ってて。――ま、ど

うせすぐ汗でベタッとなっちまうけどな」

「大変ね」

と、貞代はため息をついて、「代りに行ってあげたいけど……」

「何を言ってる。——気持は嬉《うれ》しいよ」

「休みながら行ってね。日かげを選んで歩くのよ。無理しないで」

貞代の親身な言葉が、柳井の胸にしみる。

「うん……。ありがとう」

柳井は、ちょっと微笑んで、エレベーターの方へと歩いて行った。

「気をつけてね」

貞代は、他にどう言えばいいのか分らない様子で、エレベーターに柳井が乗るまで見送っていた。

——肌寒いほど冷房のきいたビルの中から、炎天下へ出ていくには、ちょっとした覚悟が必要だった。

柳井は、ガラスの重い扉を押して、外へ踏み出した。

熱気が彼を包み込む。焼けるような日射しの下、柳井は地下鉄の駅へと歩き出した。

地下へ下りれば、涼しい。——地下鉄での十五分ほどは、また寒いほど冷房がきいて、汗のしみたワイシャツが冷えてくる。

できるだけ汗をかくまいと、外では上着を脱ぐが、少し行くとたちまち汗がふき出して来た。――今日も、片道三時間の「お使い」が始まったのである。

2

何度見直しても同じだ。

ホームの時刻表を見て、それから大きな文字盤の旧式な時計を見ると、電車は三、四分前に行ったばかりである。

次の電車まで、二十五分もこのホームで待たなければならない。――毎日乗っているから分ってはいるのだ。乗り換え駅なのに、ほんの数分、遅れが出ると、こうして一本乗りそこねてしまう。

乗り換え客のために、こっちの電車が少しぐらい待っていてくれても良さそうなものだ。どうせ前後の電車とは二十分以上も間隔がある。

しかし……文句を言っても始まらない。このうだるような暑さが、少しでも和らぐわけでもない。

柳井はホームのベンチに腰をおろして、もうクシャクシャになってしまったハンカチで首筋や耳の後ろを拭《ぬぐ》った。

風さえ吹かない。

ジーン、と鳴っているのが虫の音なのか、それとも自分の耳の中だけで聞こえる耳鳴りか幻聴か、判断がつかない。

無人駅の周囲は夏草が背伸びして、人家も人々の姿も隠してしまっている。

柳井は、まるで遠い小島にでも流されて来たのかと思った……。

傍《わき》に丸めて置いた上着と、その上にのせた封筒。

いつまで……。いつまで、こんなことが続くのだろう。

まぶしい光に照らされた風景を眺めていると、ふと視界がぼやけてくる。気が遠くなりそうな、そんな一瞬が通り過ぎる。

「——どこに行くの？」

という声にびっくりして横を向くと、いつの間に来たのか、十四、五歳と見える少女が白いワンピースを着て座っている。

「君は……何してるんだ？」

「おじさんと同じ。待ってるの」

と、少女はいたずらっぽく言って、「他にすることないでしょ？」

「確かにね」

柳井はちょっと愉快になった。自分に、まだそんな力が残っていたとは驚きだ。

「どこに行くの？」

と、少女がくり返した。

「うん。——勤めてる会社の工場があってね。そこへこの書類を届けるんだ」

「へえ……。暑いのに大変ね」

アッサリ言ってくれて、却って気が楽である。

「仕事だからね。仕方ない」

「仕事か……。でも、私、よく知らないけど、今は書類ってファックスとかで送れるんじゃないの？」

「うん……。まあね」

「それは何か特別なものなの？」

「そういうわけじゃない。もちろん、こんな物、簡単にファックスで送れるんだ」

「じゃ、どうしてそうしないの？」

――こんな女の子に、何と言って説明すればいいのだろう。

子供には分らないんだよ。――そう言ってやるか？

しかし、実際はそんな難しい話じゃないのだ。むしろ、あまりに簡単すぎて、話しても信じてくれないかもしれないという気がしたのである。

しかし、話をしていれば、この耐えがたいほどの暑さも、少しは忘れられるかもしれない。電車の来るまでの時間を、たった五分でも短く感じられるのなら、どんなに面倒な話でもしてやろう……。

「今年に入ってから、僕の勤めてる会社は景気が悪くてね」

と、柳井は言った。「何人か、それも定年が近い古い社員で、あまり役に立っていない者を中心に、リストラすることになった。リストラって分る？」

「聞いたことある」

「ともかく、僕も五十八で、定年まであと二年。――課長は、僕なら辞めさせられると思ったんだ。課長は寺岡といって、まだ三十六歳なんだ。もっともっと出世したくてたまらない奴でね」

「ふーん」

と、少女は感心したように肯《うなず》いた。

「寺岡は、僕なら簡単に辞めると思ったんだろう、社長や重役の前で請け合ってしまった。しかし、僕はその話を断った。あと二年、六十まで勤める、と言い張ったんだ」

「その人、怒った？」

「ああ。怒鳴ったり嘆いたり、てのひらを返したように、やさしい声を出してみたりして、僕に『辞めます』と言わせようとした。でも、僕は拒み続けた」

「それで？」

「ある日、会社へ出ると、僕の机がなくなっていた。ワープロで打った僕の辞表が、寺岡の机にのせてあった、というんだが、もちろんそんなもの、僕は出していない。寺岡が誰かに作らせたのは分り切ってる。でも、寺岡は強引に僕を退職扱いにしようとしたんだ」

「ひどい人ね」

と、少女は眉《まゆ》をひそめて、「私なら、そんな奴、引っかいてやる」

「ありがとう」

柳井は、この暑さの中で、初めて微笑んだような気がした。

「でも、辞めなかったのね」

「うん。あんまり寺岡のやり方がひどいんで、僕も腹が立って、会社を訴えたんだ。会社の方はあわてた。まさか僕がそんなことまでするとは思ってもいなかったんでね」

「いい気味ね」

「裁判になったら、会社に勝ち目はなかった。僕は大体ワープロなんか打てないし、その辞表の名前もワープロで打ってあって、押してあったハンコも僕のじゃなかったからね」

「じゃ、裁判で勝ったの?」

「いや、会社の方が、裁判の前に折れて、僕は元の通りに社員として働けることになった。しかし……寺岡にとっては、面目丸つぶれだ。社長にも怒鳴られ、出世にも影響が出るのは間違いない」

「自分が悪いんだもの、仕方ないわね」

「だが、寺岡は僕を恨んだ。当然だがね。――そして、ある日、課のファックスが故障してね、工場への連絡事項の書類が送れなくなった。といっても、他の課のファックスを使えばいいわけで、課の女性が『お隣で送って来ます』と寺岡に言った。そのとき、寺岡が思い付いたんだ」

「おい、待て」

と、寺岡が呼び止めた。「その書類、工場まで届けるんだ」

冗談かと、課の何人かが笑い声を上げた。しかし、寺岡が、

「柳井君。それを工場へ届けてくれ」

と言うと、重苦しい沈黙が広がった。

「――課長」

と、星野貞代が言った。「工場まで電車で行ったら、二、三時間かかります。お隣の課でファックスをしてくれればすむことですし――」

「俺は柳井に言ってるんだ」

と、寺岡は言った。「それを届けて来い。これは業務命令だ。いやだって言うのか?」

そう言われれば、従わないわけにはいかない。

「――分りました」

と、柳井は立ち上って、「それを工場まで届けてくれればよろしいんですね」

「そうだ」

「分りました」

柳井は、星野貞代からその書類を受け取ると、「出かけて来ます」

なかった。

と言った。

「ご苦労さん」

寺岡がそう言って、薄笑いを浮かべているわけを、柳井はそのとき、少しも分っていなかった。

むしろ課に戻っても、ろくに仕事らしい仕事を与えられず、苛立《いらだ》ちがつのっているときだった。却《かえ》って気晴しになる、ぐらいの気持だったのである。

――しかし、工場まではうんざりするほど遠かった。何度も乗り換え、しかも線によっては、三十分に一本ぐらいしか電車の来ない所もある。

結局、工場へ着き、先方の庶務の女性に書類を渡したのは、会社を出て三時間後のことだった。向うも、わざわざ遠くまで柳井がやって来たことに、面食らっていた……。

その日、社へ戻ったのは午後七時近くで、もう寺岡も帰宅してしまっていた。

「大変でしたね」

星野貞代が待っていてくれて、「いやがらせするにしたって、ひど過ぎるわ！」

と怒っていた。

「まあ、お互い顔を見ない方が神経にいいかもしれないよ」

と、柳井は外出届の伝票に交通費を記入しながら、「――しかし、遠かった！」

と、ため息と共に言った。

そして翌日は、梅雨の走りの雨模様で、じっとりと湿気の多い日だった。

朝、席につくと同時に、

「柳井君」

と、寺岡が呼んだ。

「何でしょうか」

と、立って行くと、寺岡は小さなメモを渡して、

「これを、工場へ届けて来てくれ」

——そのメモを手に、しばらく柳井は動かなかった。

やっと、寺岡の考えていることが分ったのだ。課員たちが、言葉もなく寺岡のことを見ていた。

「——何を突っ立ってるんだ」

と、寺岡は冷ややかに言った。「早く出かけろよ」

柳井の顔から血の気がひいた。しかし、ここで寺岡を殴りでもしたら、向うの思う壺《つぼ》だ。

「分りました」

「先方によろしく言ってくれ」

と、寺岡は澄まして言った。「ああ、それから、昨日の外出届だが、これじゃ判は押せないな」

「どうしてですか？」

「タクシーを使ったなんて、君は重役のつもりか？　タクシー代なんか出せん」

と、寺岡は外出届を二つに裂いた。

紙の裂ける音が、これほど鋭く聞こえたこともなかっただろう。

「しかし、課長。向うの駅から工場へはバスも何もありません。歩けば三十分はかかります」

「タクシーに乗るなと言ってるんじゃない。タクシー代を自分で持つのなら、別にいいんだ」

寺岡は裂いた外出届を片手で握りつぶし、屑《くず》カゴへ放り投げた。「帰ってからでいい。出し直せ」

「――はい」

「早く出かけろ。残業手当も出さないぞ」

柳井は、小さなメモをていねいに二つに折ると、ポケットへ入れ、黙ってロッカールームへと歩いて行った……。


「――それから、毎日工場へ何か届けるのが僕の仕事になった」

と、柳井は言った。「梅雨のじめじめした日は、膝《ひざ》の関節が痛んだ。しかし、梅雨が明けて夏になると、この仕事はますます辛《つら》くなって来た……」

「それから、ずっと毎日？」

と、少女が訊《き》く。

「うん。昨日も今日も、そして明日も、だ……」

柳井はちょっと笑った。「先方でも困ってる。ファックスで簡単にすむものを、わざわざ届けに来るんだからね。——事情を知って、何も言わなくなったが……」

そのとき、電車が遠くに見えて、柳井はホッとすると、

「今日はおしゃべりしたおかげで早かったよ。ありがとう」

と、振り向くと、少女の姿は消えてしまっていた……。

3

ドアが開いて、星野貞代はてっきり柳井が戻ったと思い、腰を浮かした。

「どうして——」

と言いかけ、「あ、ごめんなさい」

開いたドアから覗《のぞ》いているのは、貞代より年上の、地味な感じの女性だった。

「あの……」

と、その女性はおずおずと、「柳井さんをお連れしたんですけど」

「え？」

貞代は急いでドアから廊下へ出た。「——柳井さん！」

柳井が壁にもたれて、立っているのもやっとという様子。

「工場へおみえになったときは、もう貧血を起こされていて、真青で……」

「まあ！　無理して……。ともかく横になって」

——もう夜の七時半。

課では貞代以外残っていない。貞代は、柳井が一向に戻らないので、心配で待っていたのである。

「星野さんですね」

「はい」

「私、工場の庶務にいる川崎奈津子といいます。柳井さんの届けて下さる書類をいつも受け取っています」

「私、星野貞代です」

「いつも柳井さんが話してらっしゃいますわ。『僕の味方は星野君という女の子一人なんだよ』って」

「そんな……。ちょっとそっちを支えて下さいます？」

女二人、いくら柳井が年齢《とし》とはいえ、支えて歩くのは楽ではなかった。

何とか応接室まで辿《たど》り着き、ソファに柳井を寝かせる。

「——しばらく横になっててね、柳井さん」

と、貞代が声をかけると、柳井はゆっくりと貞代の方へ顔を向け、

「君……残っててくれたのか」

「だって、柳井さん、ちっとも帰って来なくて、工場の方へ電話しても、五時過ぎるとつながらないし……」

「すまん……。今日は結構楽だと思ってたんだが……」

「あの暑い中、歩いて来られれば」

と、川崎奈津子が言った。「何しろ、駅からずっと、日かげというもののない、埃《ほこり》っぽい道なんですもの」

「どうしてタクシーに乗らないの！」

と、貞代が怒ると、

「タクシーはほとんどいつもいません」

と、川崎奈津子が代りに答えた。

「いない？」

「乗るお客がほとんどいないので、たいてい隣の駅へ行ってしまうんです。よほど運が良くないと」

「そうなんですか」

貞代は、お金をケチっているのかと叱った自分が恥ずかしかった。

「君だけだよ、心配して叱ってくれるのは」

と、柳井は言った。

「あの……」

と、川崎奈津子が少し改って、「私、これで失礼させていただきます」

「遠くまで、どうも……」

と、柳井が体を起こそうとするのを、

「どうぞ、そのまま！」

と抑えて、川崎奈津子は出て行った。

「私、エレベーターまででも」

「うん、頼むよ」

貞代が急いで後を追うと——川崎奈津子はエレベーターホールの手前で立っていた。

「星野さん」

と、少し声をひそめ、「柳井さんに聞かれたくなかったので……。柳井さん、お体が悪いんじゃありませんか。特に心臓が」

思いがけない言葉に、貞代は、

「何か、そんな様子を？」

「私の父が心臓を患っていたんですが、あの青白い顔は、とてもよく似ていて……。一度検査するように言ってあげて下さい」

「ありがとうございます。——そう言って、病院へ行かせますわ」

と、貞代は礼を言った。

エレベーターが上って来るのを待っていると、

「柳井さん、奥様は？」

と、奈津子が訊いた。

そのさりげなさが却《かえ》って不自然で、それに貞代とも目を合わせない。

「もう亡くなって、おひとりのはずです」

「そうですか……。じゃ、ますます心配ですね」

「でも──私、気を付けていますわ」

「ええ、それはもう……」

エレベーターが来て扉が開く。川崎奈津子が乗って、扉が閉まるまで二人は頭を下げていたが──。

「私がついてるわ！」

と、貞代は言った。

「──すまないね」

と、柳井はくり返した。

「もうやめて。私は好きでこうしてるの」

柳井を自宅まで送ることにして、貞代はついて来た。

駅からはタクシー。──確かに、寝ていてもなかなか回復しないところが心配なのである。

「次の角を左」

と、柳井は指示して、「お茶の一杯も飲んでもらえるといいんだが……」

「とんでもない。でも、おたくにはどなたかいらっしゃるの？」

「うん。——家内が」

貞代は一瞬言葉を失った。

柳井の妻は亡くなったとばかり思っていたのだ。なぜ、と訊かれると、貞代も答えられないが。

気を取り直して、

「奥さんが心配されるわ。もう、こんなこと、やめなくちゃ」

と、貞代は言った。

「うん……」

柳井は力なく肯《うなず》いた。

もちろん、柳井へ言ってみても仕方ないことだ。

「——あ、そこで」

と、柳井はタクシーを停め、「どうもありがとう」

「いえ……。一応、奥様にお話ししておきたいわ」

「いや、そんな必要はない」

柳井の言葉には、貞代を妻に会わせたくないという気持がはっきりと感じられて、

「分ったわ」

と、急いで言った。

「――ありがとう。すまなかったね」

タクシーを降りて、柳井はくり返し礼を言った。

「駅へ戻って下さい」

と、貞代は運転手へ言った。

タクシーが走り出すと、柳井は手を振って見送っていた。

タクシーが角を曲ると、

「停めて！」

と、貞代は言っていた。「ここで降ります」

代金を払って、貞代はタクシーを降りると、柳井の家の方へと足早に戻って行った。

4

「お帰りなさい、あなた」

と、妻の幹子《みきこ》が言った。

「ああ、ただいま」

柳井は玄関から上って、上着を脱ぎ、ネクタイをむしり取ると、ソファの上に投げ出し、ワイシャツのボタンを二つめまで外した。

「暑かったでしょう」

と、幹子は上着を拾って、「今日は今年最高の暑さですって」

「そうか。——いや、僕はどうせ冷房のきいたオフィスにいるだけだ。行き帰りの電車で人にもまれて、汗はかくけどね」

「ええ、分るわ。この上着を見れば」

と、幹子はしわくちゃになった上着を広げて、「大変ねえ」

「僕より、君の方は？　暑さで体力を消耗すると、良くないいんじゃないか」

「私は、その辺のスーパーへ買物に行くだけだもの」

と、幹子は微笑んで、「あなたが私のために無理してくれているのが分ってるから、心配なの」

「僕は大丈夫だよ。君の方こそ無理しないでくれ」

「タクシーに乗って来た？」

柳井はチラッと幹子を見て、

「いや、まさか。——もったいないじゃないか、そんなの」

「そう？　車の停る音がしたから」

幹子はネクタイを拾い上げると、「じゃ、すぐ夕ご飯にするわね。ちょっと待ってて」

「ああ。急がなくていいよ」

「あら、何か食べて来たの？」

「いや、何も。実は腹ペコなんだけどね」

「素直にそう言えばいいのに」

と、幹子は笑ったが——ふと、笑いが消えて、「誰かいるわ」

「え？」

「表に誰かいるみたいよ」

「こんな所に？」

幹子は玄関へ出て行って、少しして戻って来ると、

「誰もいない。気のせいかしら」

と言った。

「着替える前に、ちょっとシャワーを浴びるよ」

「じゃ、その間にご飯の支度をするわ」

幹子は、いそいそと台所へ姿を消したのだった……。

会社へ着いたときには、既に日射しは肌に突き刺さるようだった。

柳井は、長い一日を思って、つい重くなる足を引きずるように、自分の席へと向った。

「柳井さん！」

星野貞代が、エレベーターの前に立っていた。

「やあ……。ゆうべはありがとう。わざわざ送ってくれて悪かったね」

「そんなことといいの！」

貞代はいやに嬉《うれ》しそうに、「ね、今日はいいことがあるのよ。何だか分る？」

と、柳井を傍らへ連れて行った。

「何だい？　急にボーナスが出るってわけじゃないだろう」

「いやね」

と、貞代は笑って、「そんなことじゃないの。寺岡課長がね、急な出張になって、三日間いないのよ」

「――いない？」

柳井はポカンとして、「じゃ……いないのか」

よく呑《の》み込めていないのである。

「そうなのよ！　部長から突然言われたんですって。今朝の飛行機で香港に発《た》ったの」

「香港……」

「ね、分ったでしょ？　いくら課長でも、香港からは書類を届けろなんて言って来ないわよ」

「ああ、そう……。そうだな」

柳井は何だか落ち着かなくて、身の置き所がない気分だった。

「三日間、のんびりしましょ！」

貞代は、自分のことのように喜んでいる。

「ありがとう」

と、柳井は礼を言った。

「いやだ！　やめてよ、私に頭下げるなんて！　私はただ課長が出張って伝えただけよ」

貞代はちょっと頬を染めて、「それじゃ、私、お茶をいれるわ」

と、駆けて行った。

――柳井が席につくと、課のみんなが、

「おはよう」

「おはようございます！」

と、声をかけて来てくれる。

いつもは「今日も工場へのお使いに出る柳井」に対して、とても気軽に声をかける気になれないのだろう。

柳井にとっては、自分が忘れられていたわけでないと分って嬉しい。

柳井は何だか久しぶりに、幸せな気分を味わっていたのである。

「――いや、昼休みっていいもんだな」

と、柳井がしみじみと言った。

「本当にねえ……。課長一人がいないだけで、こんなにのんびりできるなんて」

貞代は苦笑いした。

柳井と貞代は昼食を一緒にとって、喫茶店でコーヒーを飲んでいるところである。

「——課長も意地になってるのね」

と、貞代は言った。「この三日間で、少し頭を冷やしてくれるといいんだけど」

「外は暑そうだな」

と、柳井は言った。

冷房の入った店の中から眺めると、表は強い日射しで、露出オーバーの写真のように白く光って見える。

「毎日あの中を、工場へ行ってたのかと思うと、ゾッとするな」

と、柳井はため息をついた。

「そうね。——ねえ、柳井さん」

「うん?」

「一度、人間ドックへ入ったら?」

「人間ドック?」

「ええ。あんなに辛いことやって来て、きっと胃にカイヨウの一つもできてるわ。早く治した方がいいわよ」

工場の川崎奈津子が、「心臓が悪いのでは」と言っていたことが、貞代には気になっていたのだ。

「ありがとう。その内にね」

「だめよ、そんなこと言ってたら、いつまでもやらないわ。——いいわ、私、予約入れちゃう。明日行って」

「おい……」

「思い立ったが吉日。ね、一日の差で、手術しなくてすむかもしれないじゃない。この三日間はチャンスよ」

「そりゃまあ……」

「うちの健保で安くやれるじゃない。午後、電話してみるから、予約が取れたら行ってね。——約束して」

柳井は、貞代の心からの言葉に、いやとは言えなかった。

「分った。約束するよ」

「良かった！」

貞代はホッとして、コーヒーを飲むと、「いやだ、こんな胃に悪いもの飲んでる」と笑った。

柳井も一緒に笑って、

「いや、こういうものは、寛《くつろ》いで飲めば大丈夫なんだ。却《かえ》って気分が休まるんだよ」

と、自分もコーヒーをゆっくり飲んだ。「——考えてみれば、ホットを飲むのって久しぶりだな。あの暑い中じゃ、一息いれても、アイスコーヒーだった」

貞代は、何となく穏やかな視線で柳井を見つめていたが、

「そうなんだわ」

と言った。

「——何だい？」

「柳井さんって、あんまりそういうことを言わない人なのね」

「何を？」

「今言ったでしょ。『コーヒーは寛いで飲めば気分が休まる』って。——普通、五十過ぎにもなれば、特に男の人って、若い子に向って、『これはこうなんだ』とか、『人間ってのはああだ』とか、お説教くさいことを言うもんだわ。でも、柳井さんって、そういうことを言わない人なのね」

柳井は戸惑って、

「言わないというか……別に、僕は学者でも評論家でもないからね」

「そういうところが、とても人間的なの。あの課長なんかと違うところなのよ」

「そう言われると……」

「いいの。——そういう人だから、私みたいに年下の人間が、つい友だちみたいに話しかけちゃうのよ」

「いや、それはそれでいいじゃないか。年寄り扱いされなくて感謝してるよ」

柳井は五十八とは思えない、照れくさそうな顔になった……。

5

昼休みの後、社へ戻ると、課の空気は一変していた。

「——どうしたの？」

と、貞代がすぐに気付いて言うと、一人が黙って柳井の机の上を指さした。

そこにはファックスが置かれていた。

走り書きに近い、寺岡の字で、〈工場あての連絡〉とタイトルがついている。

「——ひどいわ、こんな！」

と、貞代が思わずそのファックスをつかむと、手の中でクシャクシャに丸めて、投げ出した。

課の中に重苦しい沈黙が広がった。

柳井が静かに歩いて行って、そのファックスを拾い、広げてしわをのばした。

「柳井さん——」

「どうせ、ちゃんと行ったかどうか、工場の方へも確認するに決ってる」

「でも……。あの人——工場の川崎奈津子さんに頼んで、ちゃんとあなたが来た、と言ってもらえばいいのよ。そうしましょう」

柳井は首を振って、

「いや、そんなことをして、後で分れば彼女が迷惑するよ」

「じゃ、どうするの？」

柳井は、まぶしい戸外へ目をやって、

「出かけるよ。『お使い』にね」

と言った。

「お願い。今日はやめて。一番暑い時間だわ」

「同じことさ。向うに夜中に着くってわけにはいかないんだ」

柳井は、そのファックス一枚を手に、ロッカールームへと向った。

「あんまりだわ」

と、貞代は言った。

みんなそう思っていても、どうしようもない。

貞代は、柳井がこの炎天下、ちゃんと工場へ辿《たど》り着けるか、不安だった。

胸さわぎ。

貞代の不安は、最悪の形で的中することになる。

柳井が出かけて二時間後、工場へ電話した貞代は、川崎奈津子へ、

「お願い。そっちへ着いたら、無事かどうか、連絡して下さい」

と頼んだ。

「分りました。駅まで迎えに出てみますわ。工場長の車に乗って行けると思います」

「お願いします」

貞代は受話器を手に、思わず頭を下げていた。


だが——そのころ、柳井はまだ工場への道のりの半分ほどにしか達していなかった。いつもは午前中に出かけるのが、今回は最も暑い時刻に出た。途中、何度も貧血を起しそうになり、電車を降りてベンチで休んだりしなくてはならなかったのだ。

——あの乗り換え駅に辿り着いたとき、柳井はもう、一歩も動けないほど参っていた。次の電車まで二十分。

人っ子一人いないホームのベンチに座っていると、風も熱気をはらんだ熱い風で、じっとしていても背中や首筋に汗が流れ落ちる。

「畜生……」

初めて、柳井の穏やかな心の中に、寺岡課長への憎悪が芽生えた。

うんざりし、顔も見たくないと思ってはいても、「あいつにも同情できるところはある」と自分に言い聞かせていた。

しかし、今、柳井の胸には、

「あいつのおかげで……」

という憎しみのみがふくれ上って、それ以外の感情を追いやっていた。

「許さないぞ……。俺はお前を憎んで、恨み抜いてやる」

と、口に出して呟《つぶや》いた。

心臓の鼓動が不意に乱れて、気が遠くなった。

「――大丈夫？」

突然、耳もとで声がして、びっくりして顔を上げると、前にこのホームで話をした少女が立っていた。

この暑さの中、ふしぎなことに、白いドレスを着た少女は少しの汗もかいていなかった。

「君か……」

「具合悪そうね」

「ああ……。心臓が……苦しいんだ。すまないが、誰か呼んで来てくれないか」

「誰を？」

と、少女は言った。「この駅には誰もいないわ。救急車を呼んでくる間に、あなたの心臓が参っちゃうわよ」

「そうかもしれない……。君は――一体、誰だ？」

「私、待ってるの」

「待ってる……。前にもそう言ったね。何を待ってるんだ？」

「あなたを」

と、少女は言った。

柳井は、ゆっくりと体を起こして、

「――僕を？」

「ええ」

少女は肯《うなず》いた。「あなたはもうすぐ死ぬわ。そしたら私のものになる」

「君は……死神なのか？」

「人間のつけた名前ね。私は『神』じゃないわ。『死』そのものなの」

「君が……『死』？」

「ええ。――こっちへいらっしゃい。ここはもう暑くもないし、苦しくもない。快適で、行きたくもないお使いに出されることもないわ」

「そうか……。君は僕を迎えに来たのか」

「ええ。あなたの命の灯は、もう消えかかっているのよ」

「分るよ……。ふしぎなくらい、自分の命が消えていくのが分る……」

「やっと楽ができるのよ」

「うん……」

ベンチの上に、柳井はゆっくりと倒れた。

胸の苦しさがスッと軽くなった。――空が見える。

あのギラギラとまぶしかった夏空が、今は爽《さわ》やかな秋の空のようだ。

「心残りだ……。あの課長が、これで厄介払いできたと喜ぶのかと思うと……悔しい」

「分るわ」

少女がそばへ来て、柳井の手を、その白い手で包んだ。それはひやりと冷たく、血の通っていない手だった。

「君は——あの課長の寿命を知っているのかい？　つまり、奴がいつ死ぬのか」

「私一人が全部の人間を担当してるわけじゃないもの」

「そうだな……」

「でも、何か力になれるかもしれない」

と、少女は言った。

「そうかい？　ありがとう……。君はやさしいね」

「ええ、そうよ。死ねばこの世の辛《つら》さも痛みも、全部忘れて楽になるのよ」

「楽に……。ああ、何だかとても体が軽くなったみたいだ。——もう死んだのかな？」

「まだ。でも、少しずつ、あなたの中から、生命《いのち》が抜けて行くの」

「そんな感じだ……。何かが飛び立って行くようで……遠くへ……」

それが、最後に柳井の考えたことだった。

プツッと糸が切れるように、柳井の命はここで途切れてしまったのである。

——柳井が見付かったのは、もう夜になってからだった。

通って行く電車の車掌や乗客は、みんな柳井がただ疲れてベンチで寝ているだけだと思った。

貞代と川崎奈津子が、いつまでも柳井が着かないので心配し、二人で互いに柳井の通っていたルートを反対側から辿って、そのホームで、既に死んでいる柳井を発見したのである。

先に着いたのは川崎奈津子で、貞代がこのホームへやって来たとき、奈津子はベンチの傍らにしゃがみ込んで泣いていた。

貞代が泣かずにいたのは、奈津子が先に泣いていたからだろう。

「――いつかこんなことになるんじゃないかと心配していたんです」

と、奈津子は涙を拭《ふ》いて言った。

「ともかく……ちゃんとしてあげなきゃ。気の毒ですものね」

「ええ……」

といっても、貞代だって、こんなときにどうしたらいいのか、まるで分らない。

ともかく、死んでいることは確かだが、一応一一九番へかけて救急車に来てもらうことにした。

「――奥様へも知らせなくちゃね」

一一九番へかけた後、貞代が言うと、奈津子が当惑した様子で、

「奥様って……。柳井さんの奥さん、亡くなったんじゃないんですか?」

貞代は黙っていた。

6

「あなた、大丈夫？」

妻のさつきにそう言われて、玄関を出ようとした寺岡悟は振り返った。

「――何が大丈夫だって？」

「何だか……このところ毎朝ひどく苛々《いらいら》した様子だから」

「夏は暑いんだ。少しは苛々するさ。当り前だろ」

と、寺岡は言った。

「それだけならいいけど……。一度、診てもらったら？　少しやせたでしょ」

「夏やせってものを知らないのか？　お前、いつも俺が太る太るって心配してたじゃないか。今度はやせたからって心配するのか？」

「そういうわけじゃないけど……」

「行ってくる」

と、寺岡は玄関のドアを開け、「今日も暑いな、こいつは」

「今日、一郎が帰ってくるの。あなた、夕ご飯に帰れない？」

と、さつきが言った。

寺岡は、そう言われて、九歳になる息子が林間学校へ行っていたことを思い出した。

「今夜か……。分らんな。できるだけ帰るようにする」

「お願いね。――あの子が向うでどうだったか、できたら聞いてやって」

「分ってる。仕事次第だ」

「ええ……」

「行ってくる」

と、寺岡は足早にバス停へと向った。

「行ってらっしゃい……」

さつきは、夫に聞こえないだろうと承知の上で、見送りながらそう呟《つぶや》くと、ドアを閉めた。

――たった四日間だが、我が子とこんなに長く離れていたのは初めてだ。

一人っ子の一郎には、さつき自身、少しやり過ぎかと思うくらい、構ってやっている。

それでも一郎は決してひよわになることなく、元気に育っている。

でも――なんて長い四日間だったろう！　きっと、当の子供たちにとっては「アッという間」なのだろうが、さつきは日に何度もカレンダーや新聞の日付を見直して、「まだ何日め」と確かめていた……。

もちろん、夫がやせたのは心配だが、一郎のことに比べれば、十分の一も心配しているとは言えない。

夫の苛立ちの原因は分っていた。

部下で、定年間近だった柳井という人が死んで、それが夫のせいだと言われている。

――その事情は、寺岡の同僚の奥さんから聞いていたが、夫の前では何も知らないことにしていた。

まあ、人間何でも日々の暮しの中で、次第に忘れて行くものだ。

その柳井という人も気の毒だとは思うが、さつきにとっては、自分の生活を守ることが第一である。

ただ――何でも強引で、人のことなど気にしないように見える夫が、実際は気が小さく、いつまでもくよくよと気にやむたちだとさつきには分っている。

柳井の一件で、胃でもやられなければいいが……。

電話が鳴った。

「――はい。――はい、寺岡でございます。――あ、どうも、先生。ご苦労様です。――え？　先生、一郎が……」

さつきの顔から、一気に血の気がひいて行った。

「――おはようございます」

エレベーターの前で星野貞代と会って、挨拶《あいさつ》される。

「おはよう」

寺岡は目をそらしたまま、そう言って、エレベーターを待つ。

こんなときに限って、一向にエレベーターが来ないのである。

「今日から、新しい人が来るんですね」

と、貞代が言った。

「ああ、そのはずだ」

と、寺岡は言った。「当然、柳井の使っていた机を使ってもらう。もう花は置けないぞ」

毎日、柳井の机の上に、花が飾られていた。

貞代がやっているのだということは、寺岡にも察しがついていたが、何しろ柳井には同情が集まって、寺岡は「悪役」にされている。文句は言いにくい雰囲気だった。

「――お気にさわりましたか」

と、貞代は言った。「でも、柳井さんの机に花を置いていたのは私じゃありません」

「それじゃ、誰だっていうんだ？」

「ほとんどの女性社員です。毎朝交替でお花を持って来たんです」

「そうか」

エレベーターが来て、寺岡はホッとした。

――席へ着くまで、寺岡と貞代はひと言も口をきかなかったが……。

「何だ、これは！」

と、寺岡は怒鳴った。

みんながびっくりして振り向く。

「これはどういうことだ？　俺に早く死ねと言ってるのか？」

――寺岡の机の真中に、花びんにさした花が置かれていたのである。

「星野君」

と、寺岡は貞代の方へ向いて、「君がやったんだな」

「知りません」

「じゃ、誰がこんなことをやるって言うんだ！」

と、寺岡は激しい口調で言った。

「私じゃありません！」

と、貞代も強い口調で言い返す。

二人の視線が火花を散らすようだった。

「――誰か見たか？」

と、寺岡は他の課員の方を見て、「この花を俺の机に誰が置いたか、見た者は？」

誰もが顔を見合わせるばかりで、返事がない。

「私、片付けましょうか」

と、貞代は言った。「でも、置いたのは私じゃありません」

そのとき、

おずおずと口を挟んだのは、柳井の机の所に立っていた若い男で、

「あの……」

「何だ、君は？」

「あの……今日からここへ来るように言われた佐々木といいます」

ヒョロリとした、頼りなげな若者だ。

「ああ……。君か。――分った」

「あの……その花なんですけど」

と、佐々木が言った。

「花がどうした」

「あの……今朝来たら、この机の上に置いてあったんです。わざわざ飾っていただいたんだと思って、でも、机の上を片付けたりしなきゃいけないんで、一旦《いったん》そこへ置かせていただいたんです」

「君が……これを置いたのか？」

「そうです」

――間の抜けた沈黙。

寺岡は、貞代へ、

「早く片付けてくれ」

と言った。

「はい」

貞代が花びんを持って行くと、寺岡の机の電話が鳴った。

「――もしもし。――さつきか。何だ、仕事中だぞ」

と、寺岡は言った。

「あのね――あなたが出かけてすぐ、学校の先生からお電話があって」

「先生から?」

「林間学校でね、一郎が日射病で倒れたんですって!」

さつきの声は上ずっていた。

7

「よくあることです」

と、その年とった医者はくり返した。「子供なら、珍しくありません」

さつきは何も言わなかった。――医者への不信感を、隠そうともしない。

「それじゃ、私はこれで……」

医者が、何となく居心地悪そうに帰っていく。

さつきは、林間学校に使っているコテージの一室、臨時の〈保健室〉という札のかかった部屋にいた。

ベッドが一つ置かれて、一郎が横になっていた。

さつきは、そっとわが子の額へ手を当てた。

ひんやりと冷たく、汗がじっとりとにじんでいる。

「一郎ちゃん……。お父さんが来たら、おうちへ連れて帰ってあげるからね」

と、小声で言ってみるが、一郎は眠りつづけている。

「——どうも」

入って来たのは一郎の担任の教師、熊谷だった。四十過ぎのベテランの男性教師である。

「お手数かけまして」

と、さつきは頭を下げたが、そのまま黙ってはいないという気持が固い表情に出ている。

「いや、こちらもびっくりしてしまいましてね」

と、熊谷は当惑顔で言った。

「一体どうしてこんなになるまで、手を打って下さらなかったんですか」

と、さつきはズバリと訊《き》いた。

「まさか、こんなことになるとは思わなかったんです」

と、熊谷は素直に言った。「見通しが甘かったとおっしゃられれば、その通りです。しかし……」

「まだ意識が戻らないじゃありませんか！　こんなにひどくなるまで──」

「待って下さい。──何だ？」

他の教師が顔を出した。熊谷は戸口へ行って小声で二言三言話をすると、

「分った。──よろしく頼む」

と、肯《うなず》いて見せた。

ベッドの方へ戻ってくると、

「申しわけありません。全員、出発の時刻なので……」

「一郎を置いて帰るとおっしゃるんですか？」

さつきの声が高くなった。

「いや、私は残ります」

と、熊谷はあわてて言った。「ただ、一応私のクラスのバスを、他の先生へ任せるので、生徒たちにひと言話して来たいのです。よろしいですか？」

ほとんど、さつきの顔色をうかがっている。

「どうぞ。──追っつけ主人も車で駆けつけると思います」

熊谷はホッとした表情で出て行こうとしたが、ふと振り向いて、

「寺岡さん。我々がまさかと思ったのは、今日この辺りは朝からずっと曇っていて、涼しかったんです」

「何ですって？」

「涼しくて、日も当っていなかった。ですから、まさかこんな日に日射病で倒れる子が出るとは、思ってもいなかったんです」

言いわけめいた口調は、さつきを納得させるどころか、ますます不信感を深めただけだった……。

「言い逃れだわ！　責任逃れなのよ」

と、さつきは怒りがおさまらない様子で言った。

「まあ、落ちつけ」

と、車を運転している寺岡は言った。「学校の先生だって人間だ。自分の落ち度だと認めたくないんだよ」

「それにしたって……」

さつきは、夫ほど寛容にはなれなかった。特に、一郎のことに関しては。

もし、日射病で倒れたのが夫だったら、さつきもこれほど心配しないだろう。

それでも、さつきが、「学校を訴える」という主張を取り下げたのは、一郎が意識を取り戻し、大分元気になったからだ。

「お母さん……」

一郎が、さつきの腕をつかんで、「お腹空《す》いちゃった」

「あらあら」

さつきは、食欲が出ればもう大丈夫、と嬉《うれ》しくなって、「じゃ、あなた、どこか食事のできる所へ寄って」

と、運転席の夫へ声をかけた。

「おい、銀座や新宿を走ってるんじゃないんだぞ」

と、寺岡は苦笑したが、「もう少し行くと、確かファミリーレストランがある。それでいいな」

「フランス料理を食べようっていうんじゃないんだから。それで充分」

一郎は、まだ少しボーッとしていて、欠伸《あくび》をくり返していたが、

「工場に資料を届けなきゃ」

と、突然言った。

さつきは面食らって、

「――今、何て言ったの？」

しかし一郎は、

「僕、何も言わないよ」

と、ふしぎそうにさつきを見た。

「言ったじゃないの。工場がどうとか」

「何も言わないよ」

と、一郎はくり返した。

車を運転していた寺岡は、

「言ってないと本人が言うんだ。それでいいじゃないか」

と口を挟んだ。

「ええ、別に私は……」

さつきは、ちょっと不満げに口をつぐんだ。

「――それで、林間学校は楽しかったのか？」

寺岡は唐突に訊いた。

「うん。小川でね、お魚とったりしたんだよ！」

一郎は、やっと四年生らしい明るさを取り戻していた。

――俺も聞いた。

確かに、一郎が言ったのを。――工場に資料を届けなきゃ。

寺岡は、よく自分がハンドルをしっかり握って、ちゃんと運転していたものだと思った。

工場へ資料……。

それは、柳井のことだ。どうして一郎がそんなことを言い出したのだろう？

そうか……。

星野貞代だ。――きっとそうだ。あいつが、一郎に柳井のことをしゃべったのに違いない。一郎はよく意味が分らなかったろうが、「工場へ資料を届ける」ということだけが頭に残っていて、つい口から出てしまったのだ……。

あいつ！　問い詰めてやる！

激しい怒りがこみ上げて来た。

——子供を仕返しに利用するなんて、ひどい女だ。

あんな女一人……。何とでも口実をつけてクビにしてやる！

「あなた、そのお店じゃないの？」

と言われて、寺岡はあわててブレーキを踏んだのだった——。

8

「私の顔に何かついてますか？」

と、貞代は言った。

何となく、課の中が静かになる。

——寺岡は、周囲からの視線を感じて、

「いや、別に……」

と言った。

「それならいいんですけど」

と、貞代は突っぱねるように、「朝からずっと私のこと、にらんでらっしゃるんで」

「そんなことはない」

「分りました。——こちらに印をお願いします」

寺岡は、昨日の怒りがさめてくると、他の社員の前で貞代を詰問するのはうまくないという気がしたのだ。

証拠があるんですか、と言われればそんな確証はない。そんなことを言い出せば、却《かえ》って彼女の思う壺《つぼ》だという気がしたのである。

「——すみません」

新人の佐々木が、おずおずと声をかけた。

「何？」

と、貞代が振り向く。

「ワープロで清書したんですけど、これでいいんでしょうか」

何だか間の抜けたタイミングで口を開く男だ。

「見せて。——そうね。じゃ、これを二十部コピーして」

「はい。あの……」

「何？」

「コピーの機械、どうやって使うんでしたっけ」

貞代が苦笑いして、

「来て。もう一度説明するから。もう忘れないでね！」

「はい。すみません」

佐々木が頭をかきかき貞代について行く。その光景がユーモラスで、気まずい空気が少し緩んだ。

寺岡もつい笑ってしまって、

「今の新人は呑気《のんき》だな」

と言った。

そろそろ昼休みだ。——少し落ち着け。自分一人カッカしていても、体に悪いだけだ。

ふと電話に目をやる。

何も言って来ない。大丈夫だ。

今日、一郎は林間学校の後の登校日なのである。ちゃんと登校しているか心配していたのだが、何かあればさつきが連絡して来るだろう。

他の課の課長が来て、話をしている内に、昼休みのチャイムが鳴った。

「じゃあ、午後にまた話そう」

「ああ」

寺岡は立ち上った。——そのとき、電話が鳴ったのである。

分っていた。あれで終るはずがない。

また日射病で倒れたのだ。

「――はい」

と、電話に出ると、

「あなた！　一郎がどこへ行ったか分らないの！」

と、いきなりさつきが叫ぶように言った。

「どこへって……。学校へ行ったんじゃないのか」

「そう思ってたわよ。校門の近くまで送って行ったんだもの。一郎、ちゃんと校門へ入って行ったのよ」

「それで？」

「今日は暑いし、と思って、さっき担任の先生へ電話してみたの。そしたら、『今日はお休みだと思ってました』って……。あの子、教室へ入らなかったのよ！」


貞代は、喫茶店で軽く食事をした。

柳井が死んで、心から打ちとけて話せる人が社内にはいなくなったのである。

考えてみれば、親子ほど年齢が違うのに妙なものだ。でも、「近しい人」というのは、年齢や性別と関係なく存在するものなのだ。

「――星野さん」

と、店のウエイトレスが店内へ声をかけた。「星野貞代さん、いますか？」

当惑しながら立ち上ると、

「私です」

「お電話です」

「ごめんなさい。——もしもし」

と、出てみると、

「良かった！　川崎奈津子です」

「あら」

「実は……とても妙なことが」

「何かしら」

「さっき、男の子が訪ねて来たんです。私を」

「男の子？」

「それも九つとか……。寺岡一郎って言いました」

「寺岡……。うちの課長のことかしら」

「たぶんそうだと思うんですけど」

「どうして課長の子供さんが？」

「しかも、私のこと、名前まで知ってて。——でも、汗びっしょりで、倒れちゃったんです。医務室で寝かせてありますけど、軽い日射病と脱水症状だって」

「それで……何の用事で？」

「分らないんです。私と会うなり、『本社から——』と言って、そのまま、倒れちゃって」

「本社から？」

「何も持ってはいませんでした。――受付で聞いた名前で、もしかしたら、と思って」

「社へ戻ってみるわ」

と、貞代は急いで言った。

支払いをすませ、喫茶店を出ると、猛烈な暑さの中を、息を止めるようにしてくぐり抜け、会社のビルへと駆け込んだ。

――課へ戻ると、ちょうど寺岡が、

「頼むぞ！　何か連絡があったら、すぐに俺の携帯へかけてくれ」

と、課員へ言って出かけようとしているところだった。

「課長、息子さんのことで――」

と、貞代が言うと、

「何だと？　一郎がどうしたっていうんだ！」

と、寺岡が顔色を変えた。

「工場へ行かれたそうです。今、あちらの庶務の人から私に電話が――」

「一郎が工場へ行った？」

「どうしてだか分りません。ともかくあちらで軽い日射病で寝ておられるそうです」

寺岡が貞代の腕をぐいとつかんだ。

「——課長！　痛いじゃありませんか！　手を離して下さい」

「本当のことを言え！」

「何ですか、本当のことって？」

「とぼけるな！——柳井が死んだ仕返しがしたきゃ、俺を殴るなり刺すなりしろ！」

「何のことだか——」

「卑怯《ひきよう》だぞ！　子供を利用して仕返しするな！」

貞代は愕然《がくぜん》とした。

「馬鹿なことを言わないで下さい！」

と、寺岡の手を振り離す。「頭を冷やしたら？　私が魔法でも使ったって言うんですか！」

「うるさい！」

寺岡が平手で貞代の顔を打った。バシッという音が響き、貞代はよろけて床に倒れた。

——誰もが凍りついたように動かなかった。

寺岡も、自分がカッとなってやりすぎたと思っていた。しかし、今さら貞代に詫《わ》びたりできない。

貞代は、赤く染まった頰を押えて起き上った。

「あの……」

と、口を開いたのは佐々木だった。「課長、早くお出かけになっては？」

「――うん。工場へ行ってくる！」

寺岡が大股《おおまた》に出て行く。

佐々木が貞代に駆け寄って、

「大丈夫ですか？」

と、腕を取って立たせた。「今、タオルを冷やして持って来ます」

「いいのよ」

貞代は止めて、「それより、暑いときに悪いけど、一緒に工場まで行ってくれる？」

「はあ、もちろん」

佐々木はすぐに言って、「――外出届、出した方がいいですよね？」

9

何度時計を見直し、時刻表を見直しても同じことだ。

三分前に電車は行ってしまった。――あと三十分待たなければ、次の電車は来ないのである。

三分前の電車が遅れて来ないかと、じっと線路の先に目をこらしたが、空しかった。

寺岡は、ベンチに腰をおろして、

「ワッ！」

と、思わず声を上げた。

ベンチが熱くなっていて、一瞬ギョッとしてしまったのだ。

しかし、もちろんやけどするほどではない。そっと座ってみたものの、その熱さが不快で、すぐに立ってしまった。

日かげに入っても、少しも涼しくはない。風というものが、ここだけ吹くのを忘れてしまったかのように、淀《よど》んだ熱気は一向に動こうとしなかった。

――寺岡は、携帯電話を取り出して、会社へかけてみた。

ともかく、何かしていれば、この暑さを少しは忘れられると思ったのである。

しかし、一向につながらない。何度くり返しかけても、呼出し音が聞こえて来ないのである。

表示を見て、電池が切れていると知った寺岡は、

「畜生!」

と、カッとなって叫ぶと、その携帯電話を放り投げた。

馬鹿げたことがしたくなる。いや、そうせざるを得ない暑さだった。

「――何してるの?」

突然、女の子の声がして、寺岡は驚いて振り返った。

幻か、これは?

こんな所に、どうして白いワンピースの女の子が立ってるんだ?

寺岡は、何と言っていいか分らず、

「こんにちは」

と言った。「暑いね」

「うん」

しかし、少女は少しも暑そうに見えなかった。汗一つかいていない。

「何してるんだい、こんな所で」

と、寺岡は言った。

「ここは駅だもの。電車を待つしかすることないでしょ」

少女の言葉に、寺岡はつい笑ってしまった。

「そうだな、全く！」

うだるような熱気。——寺岡はめまいがして、柱にもたれかかった。

「大丈夫？」

と、少女が訊《き》いた。

「ああ……。疲れてるし、それに今、子供がね……」

事情を説明する気力もない。

「暑い？」

「うん……」

「我慢できないくらいに暑い？」

「ああ……。畜生、どうしてこんなに暑いんだ」

ハンカチはもう汗を吸い込んでクシャクシャになっていた。

すると、少女がニヤリと笑った。大人のような笑いだった。

「分りますか、私の辛《つら》さが」

突然、男の声がした。

これは——柳井の声だ！

少女が口を動かしていた。そこから聞こえてくるのは、柳井の声だった。

「私は、この暑さの中で、毎日、ここで電車を待っていたんですよ……」

「柳井……。お前か！」

寺岡の声が震えた。

無邪気に愛くるしい少女が、男の声で語っている。——それは悪夢のような光景だった。

俺はどうかしてしまったのか？

暑さのせいで気が狂ったのかもしれない、と考えることは恐ろしかった。

「ご存知なかったんですね。私はこのベンチで死んだんです」

「やめてくれ！」

と、寺岡は叫んだ。

「課長も、このベンチで横になってごらんなさい。死んだときの私の気持が分りますよ」

　と、柳井の声で言って、少女は笑った。

「もうやめてくれ！」

　寺岡はその場にうずくまって、頭を抱えた。

「暑いでしょう」

　柳井の声が近付いてくる。「――一緒に来ませんか。今、私のいる所はね、とても涼しくて快適ですよ……」

「向うへ行け！　近寄るな！」

　寺岡は、頭を抱え、固く目をつぶったまま叫んだ。

「さあ、行きましょう。――課長」

　指先が寺岡の手に触れた。それは冷たく、凍えるように冷え切っていた。

「――課長！」

　別の声が聞こえた。「大丈夫ですか」

　女の声だ。

　寺岡は顔を上げた。

「どうなさったんですか？」

　星野貞代が、かがみこむようにして、寺岡の顔を覗《のぞ》き込んでいた。

「――君か」

「大声で『向うへ行け』って怒鳴ってましたよ」

「柳井が――」

「え？」

「いや……女の子がいたんだ。そこに立って……」

「女の子ですか？」

寺岡は、誰もいないベンチを眺めた。

「――夢でも見たのかな」

「しっかりして下さい！」

「うん……」

寺岡は、貞代に支えられて、やっと立ち上った。

「課長……」

「ここで死んだのか」

と、寺岡は訊いた。

「――柳井さんですか？　そうです」

「そうか……」

寺岡は肯《うなず》いた。

汗が寺岡の顎《あご》から滴り落ちて行った。

「――パパ」

一郎が、寺岡を見て手を振った。

「一郎！――どうだ、気分は？　大丈夫か？」

駆け寄って我が子を抱き上げる。

「暑いよ」

と、一郎がいやな顔をした。

「すまんすまん」

寺岡は笑って、「しかし、どうしてこんな遠い所まで来ちゃったんだ？」

「――課長、一口どうぞ」

と、冷たい飲み物を出され、寺岡は一気に飲み干してしまった。

「お体にさわりますよ」

と、川崎奈津子が言った。

「すまん……。死ぬほど暑かった」

「そうでしょうね。本当に死んだ柳井さんのような人もいたんですから」

寺岡は息子の肩を抱いて、

「もうやめてくれ。――柳井のことは気の毒だった。しかし、だからといって一郎を犠牲にするのは卑怯《ひきよう》だ」

「勘違いをなさっておいでです。誰も息子さんに柳井さんの話なんかしていませんわ」

と、奈津子が言い返す。

すると、

「あのお姉ちゃんは？」

と、一郎が言った。

「お姉ちゃんって誰のこと？」

と、貞代が訊くと、

「白い服着たお姉ちゃん。ここまで連れてきてくれたんだよ」

一郎の話に、貞代は、

「課長のおっしゃってた『女の子』のことでしょうか」

と言った。

「もう忘れるんだ」

と、寺岡は一郎の肩を叩《たた》いて言った。

「――工場の車を貸してくれるそうです」

佐々木がやって来て言った。

一郎を、またあの駅のホームへ連れて行きたくなかったのだ。

「ありがとう。――この子を乗せて帰る」

と、寺岡は言った。「君らも乗って行くか？」

「いえ」

と、貞代が首を振って、「お宅へ真直ぐ帰られて下さい。私たちは社へ戻ります」

「そうか。分った」

──寺岡は、工場の車を運転して、一郎を助手席に座らせ、まだ照りつける太陽の下、工場を出た。

見送った貞代らは、

「さあ、一旦《いったん》中へ」

という奈津子の言葉で、工場の事務室へと戻った。

「──妙な話があるものね」

と、貞代は言った。「柳井さんの恨みが残ってるんだわ、きっと」

「無理もないわ」

と、奈津子も肯いて、「どうなるのかしら？」

「まだ何かあるっていうの？」

「あってもふしぎじゃないでしょ」

佐々木も、事情を聞いて感心している。

「そんなことがあったんですか」

「──さあ、私たちも出かけましょう」

と、貞代が促した。「仕事が待ってるわ」

二人が出ようとすると、

「川崎さん、寺岡さんからお電話です」

と呼ぶ声がした。

寺岡が、佐々木の携帯電話を持って行ったのである。

「――はい、川崎です。――え？」

奈津子は目をみはって、「分りました。何とかします」

「――どうしたの？」

と、貞代が訊いた。

奈津子は電話を切って、

「車のクーラーが止ったって」

と言った。「他の車で迎えに来てくれ、って……」

貞代と佐々木は、無言で顔を見合わせたのだった。

10

「暑いよ、パパ」

と、一郎が助手席でぐったりしている。

「もう少し我慢しろ。工場へ戻るからな。すぐ着くぞ」

工場の車を運転して、十分ほど走ったところで、車のクーラーが効かなくなった。

日かげも何もない炎天下の道。窓を開けても入ってくるのは熱風だけ。

それでも、佐々木の携帯電話を持って来たのが幸いだった。

別の車を、と頼んで、少しでも早くとUターンし、工場の方へ戻って行った。

窓は一杯に開けてあるが、少しも涼しくない。

「パパ……気持悪い……」

と、一郎が力のない声で言った。

無理もない。運転している寺岡だって、汗びっしょりで、何とも言えない暑さがねっとりと絡みついてくる。

「もう少しだ。――な、あと二、三分……」

ガタガタと車が妙な揺れ方をして、突然エンジンが停止してしまった。

「おい！」

と、寺岡は叫んだ。「やめてくれ！」

エンジンは沈黙し、二度と目覚めようとしなかった。

「すぐ助けに来てくれる。すぐ……」

寺岡は、降りて歩こうと思った。――走っていなければ、車は鉄の箱。外以上に暑い。

「一郎。歩こう。――な、頑張れ！」

「僕いやだ……」

一郎が青白い顔に汗を一杯に浮かべて言った。

そのとき、ヒューッと笛のような音が聞こえて、突風が吹きつけて来た。

埃《ほこり》っぽい道だった。左右は造成しただけのむき出しの土地が続いているので、緑もない。

乾いた土埃が白く舞い上って車へと押し寄せた。

窓を閉めなければ――。

そう気付いても、体の方が言うことを聞かない。

窓から土埃が入り込んで、車の中を真白にする。

必死で窓を閉めた。――そして、閉めると、やっと静かになったが、目や口の中に砂が入って、涙が出て来た。

「パパ……目が痛い」

一郎が手でゴシゴシと目をこする。

「よせ！　ますます目に入る！」

どうしてだ？　どうしてこんな目に？

「俺が何をしたっていうんだ！」

と、寺岡は叫んだ。

白い土埃は、霧のように寺岡たちの車を包みこんで離れなかった。

閉め切った車内の温度はジリジリと上り続けていた。

「一郎……。頑張れ！」

と、我が子の肩を抱いたが、息子の方はもう、払いのける元気もないようで、ぐったりと目を閉じていた。

畜生！　どうして助けに来ないんだ！

佐々木の携帯電話を取り出してかけようとしたが、細かい砂でも入ったのか、何度やってもかからない。

車内の暑さに、寺岡も口の中が渇き、汗も出なくなった……。

こんなことが……。こんなひどいことが……。

すると、一郎が突然パッと目を開いて起き上り、

「お姉ちゃん！」

と言った。

車の前に、白い土埃の中にも、ふしぎにくっきりと、あの白いワンピースの少女が立っているのが見えた。

〈死〉だ。――俺を迎えに来たのか。

「暑かったね」

と、少女が言った。「お姉ちゃんと行こう。もう暑くも何ともないよ」

「うん！」

一郎が手を差しのべる。少女の手が、正面から、フロントガラスを素通りしてのびて

来た。

「よせ！」

と、寺岡が叫んだ。「息子を連れてくな！　俺が先だ。俺を連れていけ！」

「弱い者が負けるのよ」

と、少女が言った。「いつも、あなたがそう言ってるんでしょ？」

「何だと？」

「年上で、あなたよりずっと先輩の柳井さんを毎日毎日、『お使い』に出した。あなたの方が上役だったからでしょ？　弱い人間は負けても当然だって思ってたからでしょ」

「それは……大人の世界の話だ！　世の中がそうできてるんだ！　俺のせいじゃない！」

「そう。――これも私のせいじゃないわ」

と、少女は一郎の手をつかんだ。「あなたより先に、体力のないこの子の方が、私の所へ来るのよ」

「待ってくれ……」

寺岡は涙が溢《あふ》れてくるのも構わずに、「頼むから、この子を連れていかないでくれ。――俺が恨まれるのは仕方ない。でも、この子に罪はないんだ」

力で引き止められるものでないことは、寺岡にも分っていた。

哀願し、すがるしかない。――お願いだ、お願いだ……。

「課長」

突然、柳井の声がした。

ハッと目を開けると、少女の姿が消えて、柳井が背広にネクタイ姿で車の前に立っていた。

「柳井さん。――許してくれ。俺がしたことを……」

寺岡が呻《うめ》くように言った。

「あの駅のベンチで、一人で死んでいったときの悔しさが、少しは分りましたか……」

「俺は……あんたが憎かったんだ。毎日毎日泣きごとも言わずに『お使い』に出て行くあんたが……。俺なら手をついてでも謝るのに。あんたは毎日、炎天下を出かけていった。そのつもりなら、こっちも、と――。意地になっちまった。――許してくれ」

寺岡が両手で顔を覆って泣いた。

涙が、目に入った砂埃を洗い流して行く。

「――課長さん！」

窓を叩《たた》く音がした。

ハッと顔を上げると、車の外の土埃は消えて、貞代が窓ガラスを叩いている。

「ロックを外して下さい！」

と、大声で叫んでいる。

寺岡が急いでロックを外すと、ドアが開いた。

「大丈夫ですか？」

「俺はいい。一郎を――」

一郎はぐったりとして意識がないようだった。

「――凄《すご》い暑さだわ」

と、一郎を車から運び出して、貞代は言った。「どうして窓を開けとかなかったんですか？」

「風で……凄い土埃だったんだ」

寺岡は自分も外へよろけながら出ると、一瞬外の暑さを涼しくさえ感じて、初めて車の中がどんなに暑かったかを知った。

「――風なんてなかったですよ」

佐々木が、一郎の体を抱えて、急いで自分たちの乗って来た車へと運び入れる。

「隣の駅前に大きな病院があるわ」

と、奈津子が言った。「そこへ直接運びましょう」

「頼む！」

寺岡は震える手を、我が子の額に当てた。

佐々木が車を猛スピードで飛ばし、奈津子が近道を教えて、五分ほどで病院へと着いた。

佐々木が一郎を抱えて病院へと駆け込む。

「その子を頼む！　俺はどうでも……」

寺岡はよろけて、その場に倒れ、気を失ってしまったのだった……。

11

「あなた……」

目を開けると、妻のさつきが心配そうに覗《のぞ》き込んでいる。

「さつき……」

自分の腕に刺した針へつながる点滴のびんが揺れている。

「気が付いた？」

「——一郎は？」

訊《き》くのが怖いようだった。

「大丈夫。今、眠ってるわ」

さつきのその言葉に、寺岡は体が急に軽くなったように感じられた。

「そうか……。良かった！」

「ちっとも良くないわよ」

さつきの表情は険しい。「どういうことなの？　一郎をあんなひどい目に遭わせて。誰がやったっていうの？」

何が起こったか知らないさつきが怒るのは当然とも言えた。

しかし、寺岡は自分の見たこと、聞いたことを、妻にどう話せばいいものか、見当もつかなかった。

「もういいんだ」

と、寺岡は肯《うなず》いた。「もうすんだことだ」

「あなた――」

「一郎も、俺も生きてる。それで充分じゃないか」

寺岡は目を閉じた。「少し眠らせてくれ……」

――さつきは、言いたいことを何とかのみ込んで、寝入った様子の夫のそばを、そっと離れた。

なぜ夫が突然夫らしくなってしまったのか、さつきには分らなかった。

廊下へ出ると、もう夜も大分遅くなっていたので、人の姿は見えない。

隣の病室へ入ると、一郎が眠っているベッドのそばに腰をおろし、そっと手を我が子の頬に当てた。

「可哀そうに……」

一郎も点滴を受けている。体から水分がどんどん失われて、脱水症状を起こしていたと聞いてゾッとした。何か、得体《えたい》の知れない敵が、一郎を襲おうとしたのだ。

「一郎……。大丈夫よ。ママがあなたを守ってあげるからね」

夫はもうあてにならない。――夫には、襲ってくるものに立ち向おうとする闘志が全く感じられない。

さつきは、たとえ相手がどんな化け物だろうと、一郎を守るためなら恐ろしいとは思わなかった。

さつきが病室を出ると、目の前に若い女性が立っていた。

「あの――寺岡課長の奥様でいらっしゃいますか」

「そうですが……」

「私、星野貞代と申します」

夫から聞いて、さつきもその名は知っていた。――死んだ柳井にずっと同情していたというのが、この女か。

「お二人の具合はいかがですか」

と、貞代は訊いたが、

「ええ、大分いいわ」

と、さつきは素気なく言った。「二人とも今は眠ってるわ。邪魔しないで」

「もちろん――。ご無事で何よりでした」

「どうも」

さつきは、一郎の病室の前に立ちはだかって動かなかった。

貞代が帰って行くのを、さつきは冷ややかに見送っていたが、ふと眉《まゆ》をひそめ、

「会社の帰りかしら……。わざわざこんな遠くまで、何しに来たんだろう?」

と呟《つぶや》いた。

貞代は、玄関のチャイムを鳴らした。

真暗な家は、人のいる気配も感じられなかったが、少したつと何かの動く物音がして、
やがて明りが灯《とも》り、玄関のドアが開いた。

「遅くにお邪魔してすみません」

と、貞代は頭を下げた。

「何を言ってるんだ!　遠慮はいらない。――さ、上ってくれ」

柳井が以前の通りの笑顔で言った。

居間へ上ると、柳井の妻の幹子が台所から出て来て、

「まあ、いらっしゃい。すぐお茶をいれますね」

と、にこやかに言った。

「――どうしたね、あの二人は?」

と、柳井が訊いた。

貞代が病院へ運んだ事情を説明すると、柳井は肯いて、

「そうか。それは良かった」

と言った。「課長はともかく、息子さんには何の罪もないからね」

「本当にあなたはお人好しね」

と、幹子がお茶を運んでくる。「私なら決して許さないわ」

「もちろん、僕も忘れたわけじゃない。しかし、向うには子供がいる。なあ、無情に引き裂くのも可哀そうじゃないか」

「結局、損をするのよ、あなたのような人はね」

「でも、奥様」

と、貞代は言った。「課のみんなは、決してご主人のことを忘れません。誰からも好かれていた――もちろん、課長は別ですけど」

三人は一緒になって笑った。

「――誰からも好かれてた、なんて、人が死ぬとよくそう言われるがね。しかし、そんなことはあり得ない。僕だって、あの課長に好かれたいとは思わないよ」

と、柳井は言った。

「そうですね。世の中には、どんなに努力しても分り合えない人っていうのがいるんですよねえ」

と、貞代が言った。

すると、幹子がふと顔を玄関の方へ向けて、

「誰かいるわ」

「見て来ましょう」

貞代が立って、足早に玄関へ出て行くと、「――奥様」

寺岡の妻のさつきが立っていたのだ。

「私を尾《つ》けて来られたんですか？」

さつきは青ざめた顔で、それでも精一杯強がって見せた。

「あなたがうちの子をあんな目に遭わせたんでしょう！」

「それは違います、奥様。ご主人が柳井さんに対してなさったことが、息子さんに返って来たんです」

「主人はね、責任のある立場にいるの！　あんたや、死んだ柳井って人みたいに、与えられたことだけやってりゃすむってわけじゃないのよ！」

と言い返すと、さつきは、「何の相談をしてるの？　また一郎に何かしようっていうのね！」

「奥様、上らないで下さい！」

「隠れてコソコソと何をやってるの？」

さつきは、貞代の制止を押しのけて上り込んだ。

そして――居間の入口で凍りついたように立ちすくんだ。

「まあ、いらっしゃい」

と、老婦人が言った。

さつきは膝《ひざ》が震えて、立っているのがやっとだった。

「奥様」

と、貞代が言った。「柳井さんご夫妻ですわ」

その夫婦は確かにそこにいた。しかし——ソファにかけた二人の体を透して、ソファが見えている。

これは……何なの？

さつきはよろけて、柱にもたれた。

「奥様」

貞代がゆっくりと首を振って言った。「一度ここへ入ったら、もう出られないんですよ……」

貞代の手がさつきの手を取る。その手は氷のように冷たかった。

さつきは声にならない悲鳴をあげた。

12

「おい！　ボール、取って来いよ！」

と言われて、一郎は手を上げて見せると、バレーコートの外へと駆け出して行った。

——二学期になって、大分秋らしくなったが、こんなによく晴れると、やはりまだ暑い。

草の繁った辺りに、ボールは転がり込んだようで、草が伸びているからボールを見付けるのは容易じゃなかった。

一郎は、額に汗を浮かべて草をかき分けていると、急にひんやりとした空気に包まれた。それは、見えないドアを通り抜けて、クーラーの効いた部屋へ入ったような感じだった。

顔を上げた一郎は、笑顔になって、

「お姉ちゃん」

と言った。

あの白い服の女の子が、目の前に立っていたのである。

「もう、暑くても気持悪くならない？」

と、少女が訊《き》いた。

「うん、平気だよ」

「そう。良かったね」

少女がニッコリと笑う。

「僕のこと、迎えに来たの？」

「そうじゃないの。──お別れに来たのよ」

「お別れ？」

「もう、君とは当分会わなくてすみそうだから」

「何だ。寂しいな」

「心配しないで。その内ね、必ず会うことになってるから。でも、その前に一郎君は大きくなって、大学へ行って、お勤めして、お嫁さんをもらって……」

「僕、そんなものいらないや」

「どうして？」

「女の子、嫌いだもん。すぐキャーキャーやかましいしさ」

「あら、私も？」

「お姉ちゃんは違うよ」

と、一郎は急いで言った。

「ありがと。――ボールを捜しに来たんでしょ？　そこにあるわよ」

少女が指さした方を見ると、白いバレーボールが覗《のぞ》いている。

「本当だ！　ありがとう」

一郎は、かがみ込んでボールを取った。「ね、お姉ちゃん……」

と、顔を上げたとき、もう少女の姿はなかった。

一郎がボールを持ってコートへ戻ると、

「寺岡、どこに行ってた！」

と、担任の熊谷先生がやって来た。

「ボール、取って来たんです」

「そうか」

熊谷先生の顔は、いやに怖そうだった。「すぐ家へ帰れ」

「え?」

「お宅で急なご用だそうだ。すぐ帰れ」

一郎には何だかよく分らなかった。

ともかく、早く帰れるというのは嬉《うれ》しかったのである。

何だろう、用って?――時々「急なご用」があるといいな、と一郎は思った……。


やっぱりあいつなのか……。

寺岡は、焼香に並んだ客の中に、星野貞代の姿が見えないことに気付いていた。

「星野さん、どうしたんだろう?」

という課員同士の呟《つぶや》きも聞こえて来た。

そうだ。――貞代が現われないはずがない。寺岡さつきの告別式に。

寺岡は、花に囲まれたさつきの写真をぼんやりと見上げた。――一体何があったのか。

寝込んで、入院したものの、どこが悪いのかさえ分らぬまま、徐々に消え入るように死んで行った。

寺岡も一郎も、さつきを引き止めることはできなかった。

俺が死ぬのなら分る。しかし、どうしてさつきが?

寺岡には納得がいかなかった。

一郎は、母が死んだということが、まだピンと来ないのだろう。退屈して、足をブラブラさせている。

「お悔み申し上げます」

と、頭を下げた女性に、

「ああ、どうも——」

と、反射的に言って、「君か」

工場の、川崎奈津子である。

「その節は……」

「うん。——ありがとう、あのときは」

と、寺岡は言った。「星野君はどうしたのか、聞いてるか？」

「いいえ。私も心配してるんです。アパートへ電話しても、誰も出ません」

「そうか……」

やはりおかしい。

しかし今は、次々と切れ目なくやって来る弔問客に応対するだけで精一杯だった。

焼香の煙が顔に当って、一郎は目をこすっている。それを見た瞬間、寺岡はあの土《つち》埃《ぼこり》に閉じこめられたとき、一郎が埃の入った目をしきりにこすっていたのを思い出していた。

——星野貞代のアパートへ行ってみよう、と寺岡は思った。

一郎を親戚《しんせき》に預けて、寺岡は葬式がすべて終った後、貞代のアパートへと向った。

アパートはすぐに分った。——しかし、出かけて来たのがもう夕刻だったので、玄関のチャイムを鳴らしたときは、辺りが暗くなっていた。

すぐにドアが開いて、

「課長さん、お待ちしてました」

と、貞代が出て来て言った。

「待ってたって？」

「ええ。皆さん、お待ちです」

誰のことだ？　首をかしげながら、寺岡は部屋へ上った。

「さあ、どうぞ」

狭い部屋で、テーブルを囲んでいた人々が一斉に振り向いた。

「あなた、来てくれたのね」

「さつき……お前、どうして——」

寺岡は、問いかけるのも空しくなった。

そこには柳井がいて、柳井の妻がいて、さつきがいた。

これは「死者の集まり」なのだ！

「さあ、どうぞ」

　と、貞代は寺岡を促した。

「ありがとう……」

　寺岡は、呆然《ぼうぜん》としながら、そこに加わった。

「一郎はちゃんとしていた？」

「ああ……。まだよく分っていないんだ。お前がいなくなったってことが……」

「自然に理解していくわ。大丈夫。子供は自分で育っていく。私たちにできるのは、それを邪魔しないことだけ」

「うん……」

　柳井が、

「しかし、課長、穏やかな顔になられましたよ」

　と言った。

「そうかな」

　と、寺岡はごく自然に口を開いていた。「それは悲しみってものを知ったからだろう。――俺は、悲しむことは敗北だと思っていた。そうじゃないんだ。悲しむ心を持ってない人間は、一番大切なものに気付かずに終ってしまう」

「そうなんですよ、あなた」

　と、さつきが肯《うなず》く。「私は気付くのが遅すぎた。でも、あなたはこれからまだ何十年も生きていくのよ」

「何十年も？」

寺岡は、この世のものでないはずの彼らの何とも言えず平和な、穏やかな表情を見ていると、羨《うらや》ましくなって来た。

「君らの仲間に加えちゃもらえないのか」

と、寺岡は言った。「もう疲れたよ」

「だめだめ。一郎がちゃんと大人になるまで見届けないと！」

「それはそうだな」

「柳井さんへの罪滅ぼしもしなくては」

と、貞代も言った。「あなたは私たちの分も、苦労を負って生きていくんです」

「――分った」

寺岡は肯いて、「背負わせてくれ。辛《つら》くても、耐え抜いて見せる」

「あなた……」

さつきの目が涙で潤んでいるのを、寺岡は心打たれながら見ていた。

「――さつき」

ふと気付くと、夢からさめたような心地がして、寺岡は一人で座っていた。

みんなどこへ行ったのだろう？

「星野君。――星野君」

寺岡は、奥の部屋を覗《のぞ》いて、首を吊《つ》って死んでいる貞代を見付けても、少しも驚かなかった。

「出かけてくる」

コートをはおって、寺岡は言った。

「課長、そんな使いなら僕が行きます」

と、佐々木が立ち上る。「外は寒いですし……」

「いや、いいんだ。自分の用だ。自分で行く」

寺岡は、そう言って、「じゃ、後を頼むよ。二時間ほどで戻る」

課員から、

「行ってらっしゃい」

と、声がかかった。

前には決してなかったことである。

寺岡は、エレベーターを待ちながら、コートのボタンをきちんととめた。

——柳井の死後、貞代が後を追って死んだことが分ったものの、ふしぎなことに、死んでから何日も彼女は会社へ出て来ていたことになるのだった。

しかし、誰もがそのことを知って怖がるよりも、感動して受け容《い》れたのだ。

課の雰囲気が変って、寺岡は初めて、自分が課長になったのだと思った。

エレベーターが来て扉が開く。

寺岡は乗り込んで一階のボタンを押した。

扉が閉じる瞬間、

「行ってらっしゃい」

と、笑顔で見送る星野貞代の姿が、寺岡には見えたような気がしたのだった。

第三話　最後の願い

1

どうして、そのひと言が桐生《きりゅう》を動かしたのか。

「頼む……。最後の願いだ」

そんなことを言う奴は、今までだっていた。しかし、桐生は決して動じなかった。

桐生は「冷酷非情で、有能な刑事」として知られていたのだ。自ら、そう呼ばれることに誇りを持っていた。

それなのに――なぜそのときに限って？

何かふしぎな力が働いたのだ、と言うのは易しい。しかし、もう少し論理的に言えば、会田は桐生の撃った一弾に胸を貫かれてひどく出血しており、どう見ても逃亡するだけの元気はなかったからかもしれない。

「桐生さん……。手数をかけたね」

と、会田は弱々しい声で言った。

女の古びたアパートに潜んでいた会田を急襲し、二階の窓から飛び下りて裸足《はだし》で逃げる会田を、桐生は撃った。――足を狙えば、とか色々言われることは承知している。

しかし、会田も拳銃《けんじゅう》を持っており、もし足を狙って外し、逃げられでもしたら、この上何人の犠牲者が出るか分らない。会田は既に五人も殺しているのだ。

逃げて行く会田の背中を狙って引金を引くのに、桐生には何のためらいもなかった。細い露地に、息も絶え絶えに倒れている会田は、急に老けたように見えた。

「——今、救急車を呼んでやる」

一応そう言ったのは、桐生なりの思いやりだったか。

「そんなもの、いらねえよ」

と、会田は少しむせながら言った。「どうせ助からねえ。そんなことは分ってる」

「タバコでも吸うか」

会田は口もとに笑みを浮かべて、

「肺ガンが怖いからやめとく」

と言った。「なあ……頼む。最後の願いだ」

「何だ」

桐生は、会田の傍に膝《ひざ》をついていた。

「アパートに……俺の娘がいる」

と、会田は言った。「最後に……一度だけ抱かせてくれ」

いつもの桐生なら、「ふざけるな」と突っぱねるところだ。

そうしなかったのは、どうしてか。桐生自身にも分らなかった。

「——お願いだ」

会田はくり返し言って——桐生は、

「待ってろ」

と、立ち上った。

アパートの前の道に、会田の女が、三つになる娘をしっかりと抱き寄せて立っていた。

会田を追う中で、桐生はこの女須藤ルミにも、娘のひとみにも会っている。

桐生がやってくるのを見て、須藤ルミの表情がこわばった。

「あの人は……死んだんですね」

と、ルミが言った。

「いや、まだだ。しかし、長くない。救急車は間に合わないだろう」

「そうですか。でも、たとえ今助かっても、苦しみがのびるだけです。間に合わない方が、あの人のためには……」

「会田が最後に子供を抱きたいと言ってる」

須藤ルミは一瞬目を見開いて、

「この子を？」

「ああ。もう、逃げたり抵抗したりする力は残ってない。——どうする？」

ルミは少し迷ったが、

「パパにさよならを言いましょ」

と、娘に言った。

娘はひとみという名の通り、黒い大きな目が印象的だった。色白な可愛い子で、およそ会田とは似ていない。しかし、その「黒い瞳《ひとみ》」には、会田そのものが宿っているように見えた……。

「──おい、連れて来たぞ。見えるか？」

桐生が声をかけると、ぐったりとして目を閉じていた会田の瞼《まぶた》が震えて、やがてゆっくりと上った。

「おい、聞こえるか、俺の言ってること？」

「──聞こえてるよ」

と、会田は言った。「ぼんやりと見える……。ひとみ。──ひとみ？　パパの手を取ってくれ」

ひとみがおずおずと手をのばすと、会田のごつい手がそれを包んだ。

「そばへ来てくれ……。さあ、パパの所へ来てくれ……」

会田はひとみを引き寄せると、腕の中に抱いた。「ひとみ……。パパのことを忘れないでくれ！」

会田はそう言うと、少し怯《おび》えたような表情のひとみを離した。ひとみが母親の所へ駆け戻る。

「もう行っていい」

と、桐生は須藤ルミに向って言うと、会田のそばにまたしゃがんだ。

「桐生さん……」

会田の声は、もう耳を澄まさなければ聞こえないほどになっていた。

「これでいいのか?」

と、桐生が耳もとに口を寄せて言うと、

「ありがとう……」

と、会田は言った。「こんな言葉、生れて初めて言ったような気がするぜ」

「そうだな」

と、桐生は微笑んだ。

「この礼はする。——きっと、この恩返しはするよ……」

「気にするな」

と、桐生は言った。「何もかもすんだことだ」

「いや……俺なんかの最後の願いを聞いてくれた。忘れない。俺は……約束を守る男なんだ」

「分ってる」

「本当だ……。俺は……絶対に……約束は……」

アンプのボリュームを絞っていくように、会田の命の灯も消えて行った。

救急車のサイレンが聞こえて来て、桐生は顔を上げた。

「救急車だぞ。——おい、会田」

正にそのとき、会田は救急車を必要としなくなっていたのである。

桐生が立ち上って、須藤ルミを見る。

「――死にましたか」

「うん」

「そうですか」

と、ルミが何か気が抜けたように言った。

桐生が救急車の方へ歩いて行くと、押し殺した泣き声が聞こえた。

振り向くと、ルミがうずくまって声を上げて泣いている。

娘のひとみは母親を慰めるように、傍に立って、その背中をそっとさすっているのだった。

そして――十五年が過ぎた。

2

「お父さん！」

友子は、父親の車をすぐに見付けると、手を振った。

新しいベンツが友子のそばへ寄って停った。

「じゃ、またね！」

「バイバイ！」

よく日焼けしたスラリと長い足。——どの子も、桐生の目には宇宙人のようだ。

「暑いね、東京って！」

と、友子はトランクに荷物を入れて言った。「あ、これは手で持つ。トランクに入れといたら溶けちゃう」

「これだけか？」

と、トランクへ入れるのを手伝って桐生が訊《き》く。

「別便で送ったのが山ほどある」

「おい、ちゃんと自分で払ったのか？」

「ちゃんとカードで払ったよ」

友子は澄まして言うと、さっさとベンツに乗り込んだ。

桐生は苦笑いして、運転席へ戻ると、

「ハワイはどうだ。ずっと晴れてたのか？」

と、車を出しながら言った。

「雨も降るけど、ワーッと降って、パッと上るの。乾燥してて、気持いい。——食べ物はおいしくないけど」

「いいことばかりはないさ」

ベンツが、友子と一緒だった子たちを追い越して、友子は大きく手を振った。

「みんな、ちゃんと迎えが来るのよ。彼氏とかね」

――大学一年でハワイ旅行か。

桐生が十八歳のころには想像もつかなかった。

もちろん、今でも桐生が警察に勤めていたら、とてもこんな光景は見られなかったろう。

桐生は十年前、四十五歳のとき、友人に誘われてセキュリティの会社を始めた。それが当って、今は二百人を超える社員を抱えている。

桐生は副社長。このベンツも、もう三台めである。――人生、どこでどう変るか、分らないものだ。

一人っ子の友子は高校から今のS女子学園に入った。少し気が弱くて神経質なところの目立った友子が、S女子学園へ入って、見違えるように明るくなった。

それを見たとき、警察を辞めたことに内心スッキリしないものを抱えていた桐生は、辞めて良かったのだと納得した。

今思えば、父親がいつも夜中にくたびれ切って帰っては、殺伐とした話ばかりが口をついて出ていた、あの暮しが、友子をますます怯《おび》えさせていたのかもしれない……。

だが、今はもう大丈夫だ。会社の経営は安定していて、不況の中でも業績を伸ばしている。もともと警官だった面々には、「一か八か」の投資で儲《もう》けようという気もない。

「――何か食べて帰るか？」

と、桐生が訊く。

「機内食、散々食べちゃった！　ホノルルの空港でも食べたし。少しやせなきゃ！」

友子も十八。この一年ほどで、すっかり女らしい体つきになった。

「お母さんは？」

「ああ、今日は歌舞伎見物だとか。——ほら、お茶の仲間とな」

まだまだ残暑が厳しいが、日は短くなって来ていた。

——桐生のポケットで、携帯電話が鳴り出した。

「おい、出てくれ」

と、後ろの友子へ渡す。

「はい。——もしもし。——あ、お母さん？　ただいま！——うん、今、お父さんの車だよ」

友子がからかうように、「今日もお出かけ？——うん、楽しかったよ。誰もけが一つしなかったし」

妻の小夜子も、今は「ケータイ」を持ち歩いて、あちこち出かけている。

桐生が凶悪犯を追いかけていたころは、家族旅行一つするのも容易でなく、小夜子はずいぶん老け込んでいたものだ。

それが今は——毎年若返ってでもいるようで、友子に負けない派手な服を着て歩いている。

桐生は、妻や娘にそんなぜいたくがさせてやれることに満足していた。むろん、それなりに努力はしたのだったが……。

「お父さん、お母さんが夜遅くなるから迎えに来てって」

「全く！――何時にどこへ行きゃいいのか、訊いといてくれ」

車を走らせているときは電話には出ない。――こういうところは、元刑事の律儀さが現われているのかもしれない……。


「だめ……」

友子は抱き寄せようとする相手を押し返した。「もう帰らなきゃ」

「会ったばっかりじゃないか」

と、同じ大学一年生の彼氏は子供のように口を尖《とが》らした。

「おみやげを渡すだけって言ったでしょ。何も言わないで出て来ちゃったから……」

父が母親を迎えに行っている間に、内山淳一のために買って来たハワイのおみやげを渡してしまいたかったのである。

車で二十分ほどの道なので、内山が自分の車ですぐに来てくれた。

会えばすぐに「さよなら」とは言いたくない。――結局、内山の車で、近くの公園へ来て、ベンチに座っていた。

内山と付合い始めたのは大学へ入ってから。いわゆる「合コン」というやつで、いかにもおとなしそうな内山と気が合ったのである。

付合い始めて三ヵ月余り。——今が一番楽しいときよ、なんて友だちに言われる。

「もう少しいいじゃないか」

と、内山に言われると、なかなか拒めないのだ。

でも、そうやってキスしたり冗談を言い合ってじゃれ合っていると、アッという間に三十分近くたってしまって、

「大変だ！　もう帰らないと。ね、送って」

と、立ち上る。

「うん、分った」

内山も立って、二人して停めてある車の方へ戻ろうとしたが——。

「もうおしまいか？」
五、六人の男たちが、内山の車にもたれかかったり、腰かけたりしている。
「中途半端でやめるなよ。せっかく楽しんでたのに」

「なあ」

金髪に染めて、どこかのロックバンド風にピンと立てている。——友子は思わず内山の後ろに隠れたが、内山の方がガタガタ震えていた。

「まだ坊やだな」

「そっちの女の子、可愛いじゃないか」

「続きは俺たちで引き受けるよ。——な、お前は帰っていいよ」

内山が胸ぐらをつかまれると、

「やめて……。やめてよ……」

「情ない声出すなよ」

と、男たちが笑った。「お前の車だろ？　こいつに乗って、おとなしく帰るか、それとも腕の一本もへし折られたいか？　殴られると痛いぜ」

拳《こぶし》が内山の腹へ打ち込まれた。内山がうずくまって倒れる。

「内山君！」

友子が叫んだ。

「内山君っていうのか。おい、内山君。黙って帰んな。誰にも言わないでおいてやるからさ」

内山は腕を取られて立たされると、車の方へ押しやられた。

「内山君！」

友子は、内山が震える手で車のキーを出し、車に乗って、一人で車を走らせて行ってしまうのを、呆然《ぼうぜん》として見送っていた。

「さあ……。後はゆっくり楽しもうぜ」

「いや！」

友子は逃げようと駆け出した。でも、追いつかれるのはアッという間。

「やめて！──離して！」

五人の男にかかっては、どうすることもできない。

たちまち地面に押し倒され、口にハンカチを押し込まれた。

「痛い思いしたくなきゃ、おとなしくしてな」

手足を押えつけられ、服が引き裂かれる。――嘘だ。こんなこと、あるわけないわ。

夢を見てるんだ……。

しかし、露《あら》わになった胸や太腿《ふともも》をなで回す男たちの手の感触は現実そのものに違いなかった。

助けて……。誰か来て！ 誰か――。

ギュッと目を閉じていた友子は、男たちの手が止ったので、目を開けた。

「――何だよ、おっさん」

と、一人が立ち上って、「余計な真似すると、そっちも痛い目に遭うぜ。何も見なかったことにして、行っちまいな」

その男は、ただ黒いシルエットでしかなかった。友子は、青白い街灯を背にした、少しずんぐりした感じの男のシルエットを、地面から見上げていた。

「聞こえねえのか？」

と、その男の胸ぐらをつかもうと進んで行った一人が、突然呻《うめ》き声を上げて体を折ると、続いてバキッと何かが折れる音がして、仰向《あおむ》けに倒れた。

「痛い！ いてえよ！ 助けてくれ！」

のたうち回りながら、泣き声を上げる。

「――野郎！」

男たちが一斉に友子から離れると、そのずんぐりした男へと向って行った。

だが――友子は信じられないような光景を見た。

友子を襲った男たちが次々に投げ飛ばされ、殴られ、けられて、呻き声を上げながら、地面に転がった。

それだけではすまなかった。倒れた男たちは更に踏まれ、けられ、殴りつけられた。

「やめて……やめて……」

泣き声が上った。骨が折れる音が何度も響いた。

ほんの数分の出来事だったが、とんでもなく長く感じられて、友子はじっと動かなかった。

すすり泣きと呻き声があちこちで上り、そしてずんぐりとした人影は、フッと木々の間に消えて行った。

友子が起き上り、公園の外へよろけ出て行ったのは、十五分近くもたってからのことだった……。

3

「友子！――大丈夫か？」

病院の廊下で、白衣を着て座っている友子を見て、桐生と小夜子は駆け寄った。

「私、大丈夫よ。――けがもしてない。ショックだったけど……何もされてない」

青白い顔はしているが、友子はしっかりしていた。

「良かった！　黙って出かけちゃだめよ」

と、母、小夜子が友子を抱きしめた。

友子はちょっと照れて、

「お母さん……。着るもの、持って来てくれた？」

「はいはい……。ここに一揃い」

と、小夜子が手さげの袋を渡す。

「ありがとう。トイレで着替えてくる」

友子を見送って、桐生と小夜子は一緒に安堵《あんど》の息をついた。

「良かったわ。あの様子なら大丈夫」

「ああ……。誰かが助けてくれたそうだが、礼を言わんとな」

「本当ね。警察の人が……」

　と話していると、

「桐生さんじゃありませんか」

　と、声がした。

　振り向くと、一見して刑事と分る男が、しわくちゃのワイシャツ姿でやってくる。

「やっぱり！　太りましたね！」

　桐生がポカンとして眺めていると、相手は笑って、

「いやだな、分りませんか？　只野ですよ」

　桐生は、すっかり髪の薄くなったその中年男に、かつての若々しい部下の姿を重ねて、

「――そうか！」

「そうですね、あのときは二十五でしたから。もう四十です。変って当然ですね」

　同じ十五年間でも、四十から五十五になるより、二十五から四十になる方が、倍も変るように感じられるのだろう。

　小夜子も、かつての夫の部下を思い出して、

「まあ、ごぶさたして」

　と言った。

「――じゃ、被害者の桐生友子さんって、あの友子ちゃんですか！　いや、名前を見ても全く分りませんでした。あのとき――三つでしたかね」

「ああ、そうだ」

三つ……。あの会田哲也の娘と、同い年だった。

後になって考えれば、会田の「最後の願い」を聞いてやったのは、娘が同じ三歳だったからだろう。

「君が調べるのか」

と、桐生は言った。

「ええ。でも友子ちゃん――いや、友子さんかな。無事で良かったですね」

「ああ。助けてくれた人は分ってるのか？　礼を言いたい」

只野は、ちょっと意味ありげに笑って、

「こっちも会いたいんですよ」

と言った。

「じゃ、分らないのか」

「ええ。誰にせよ、とんでもない男です」

「というと？」

只野は、桐生を促して、病棟の奥の方へと連れて行った。

「――犯人は五人。二十二歳から二十七歳の、暴走族上りです。ケンカにも、割合慣れている。ところが……」

広いガラス窓の向うに、四人が包帯でグルグル巻にされ、更に手足を吊《つ》られて横たわっていた。

「殴られて、のされただけじゃありません。一人残らず、手か足の骨を折られ、あばらも二、三本やられています。友子さんの話では、倒れているのを更にけったり踏みつけたりしていたそうで……」

桐生も元刑事である。——十八歳の女の子を押え付けて強姦《ごうかん》しようとした男たちだ。どんな目に遭おうと自業自得だと思っているが、法律上は、そこまでやったら「過剰防衛」になる。

「普通じゃないな。そういう犯罪に特別憎しみを持っているか……」

「それにしても凄《すご》い腕っ節だと思いませんか？　五人を相手にして、ですからね」

「ここには四人しかいないな。もう一人は？」

「手術中です。内臓破裂で重体なんです。下手をすれば死ぬかも……」

「——殺人になるな」

「ええ。おそらく」

桐生にも、想像外のことだった。

二人は廊下を戻りながら、

「娘はどんな男だと言ってる？」

「ずんぐりした男、ということしか。暗かったし、シルエットしか見なかった、と。——本当でしょう、おそらく」

「あいつ、ボーイフレンドと一緒だったって？　その男の子は？」

「逃げちゃったそうで。——ま、責めても可哀そうですが、友子さん、そのことでは心の方が傷ついているかもしれない。あまり問い詰めないであげて下さい」

「分った」

桐生は肯《うなず》いて、只野をしみじみと眺め、「お前も大人になったな」

と言った。


「——もしもし」

と、友子が言うと、向うは息をのんで、

「友子……。君——」

と言ったきり、黙ってしまった。

友子は、自分の部屋のベッドに寝て、内山淳一へ電話していた。

「——大丈夫だったの。危ないところを助けてくれた人がいるのよ」

「そうか。良かった！」

「あなた、お腹殴られたでしょ。何ともない？」

「あ……。まだ少し痛いよ」

と、消え入りそうな声で、「友子……ごめん」

「あの五人に向って行ってくれなんて言わないわよ」

と、友子は言った。「でも、誰か助けを呼んでくるとか、一一〇番するぐらいのこと、できたんじゃない？」

内山は無言だった。

友子は、

「それじゃ」

と、通話を切った。

——内山のせいではないと分っていても、やはり今まで通りに付合う気にはなれなかった。手にした携帯電話を机の上に置こうとすると、鳴り出した。——内山だろうか？

「もしもし」

と言うと、少し間があって、

「無事だったかい？」

と、太い男の声がした。

「え？」

「大分痛めつけてやったから、あいつらはもう何もしないよ。もし仕返ししようとしたら、今度は首を引っこ抜いてやる」

「あの……助けてくれた方ですね！」

と、友子は起き上って、「ありがとう！　本当にお礼が言いたくて……」

「いいんだ、そんなことは」

と、その男は言った。「こっちの『お礼』なんだよ」

「え？」

「あんたのね、親父さんに恩があるんだ」

「父に？」

「だから、あんたが危ないところを助けた、それだけのことさ」

「あの、名前を教えて下さい」

「そんな必要はないよ」

と、男は照れたように、「大したことじゃねえ。親父さんにゃ言うんじゃないぜ」

「どうしてですか？」

「いいんだ。黙っててくれ。いいね」

「はい……」

「じゃ、達者で。——これからは用心するんだぜ」

切れてから、しばらく友子は呆然《ぼうぜん》としていた。

そしてふと思った。

どうしてこの携帯の番号を知ってるんだろう。

4

「放してよ！　痛いじゃない！」

甲高い声が響いた。

桐生はグラスを持ったまま振り返った。

見れば、店のマネージャーが、若い娘の腕をつかんで引張って来る。

「おい、どうしたんだ？」

桐生が一人で飲むときによく寄るクラブでのことである。——今夜はもう一人、かつての部下、只野が一緒だった。

「お騒がせして」

と、マネージャーが恐縮して、「こいつがお客の財布を盗んで逃げようとしたんです」

「盗んじゃいないよ！　金払わないから、こっちが取り立ててやったのさ」

ブレザーの高校生風の服装だが、うっすら化粧をして、本物の女子高生でないことは分る。

「中身を改めて下さい」

女の子が盗んだ札入れを客へ返して、マネージャーは言った。

「ああ、大丈夫だ」

客は中年の重役風。却《かえ》って警察沙汰《ざた》になっては困るのだろう、

「もう、放してやってくれ。——いいんだ」

「そうですか」

女の子は悪びれる風もなく、

「一銭もよこさない気？　二時間も私のことオモチャにしといて」

と、大きな声で言う。

「分った分った。――これでいいだろ」

と、札を何枚か抜いて渡す。

「フン、ケチね」

聞いていて、桐生は苦笑した。

「今の女の子は怖いな」

「女子高生で、ちょっとラブホテルで男の相手をすると五万ですからね。こづかい稼ぎとも言えない」

と、只野が言った。

その女の子は、店を出て行こうとして、桐生たちの方を向くと、

「私のことジロジロ見て、何よ」

と言った。

「何も言ってない。おとなしく帰れ」

と、只野が言った。

その女の子は黒い大きな瞳《ひとみ》で、じっと桐生のことを見ていた。

「――私のこと抱きたかったら、十万出しな」

と、その少女は言って、ちょっと笑うと、そのまま行こうとした。

桐生が、その後ろ姿へ、

「ひとみ君」

と、呼びかけると、少女の足がピタリと止って、

「どうして私の名前、知ってんのよ」

と振り向く。

「桐生さん、この子を知ってるんですか？」

と、只野が目をパチクリさせている。

「君のお母さんは、須藤ルミというんじゃないか？」

少女は目を見開いて、

「母さんの知り合い？」

「――まあね。やっぱり君はひとみ君か」

桐生はじっと少女を見つめて、「その大きな黒い目に見憶《みおぼ》えがあった」

「あんた、誰なの？」

「昔の知り合いさ。君は憶えていないだろう。君はまだ三つだった」

と、桐生は言った。「――お母さんはどうしてる？」

ひとみの顔がちょっと暗くかげって、

「寝込んでるよ」

と言った。

「具合悪いのか」

「うん」

「入院してるのか？」

「そんな金ないよ。借金取りに追われて隠れてんだ」

桐生はグラスを空けると、

「連れてってくれ。お母さんの所へ」

と言った。「只野、またな」

「いいんですか、桐生さん？」

「心配するな」

桐生は肯《うなず》いて見せた。


「――この上にいるよ」

と、ひとみが言った。

廃屋になった工場。――非常階段を上って行くと、

「ひとみ？」

と、かすれた声がした。

元は事務室だったらしい部屋の隅に、汚れた布団にくるまって女が一人寝ていた。

「お客さんだよ」

と、ひとみが言った。

「ひとみ君。――これで何か食べるものを買っておいで」

桐生が金を渡すと、ひとみは素直に肯いて、階段を駆け下りて行った。

「――どなたですか？」

と、女が起き上る。

「寝ていろよ。――ルミ、久しぶりだな」

「ああ……。桐生さん？」

「分ったか」

「お声で……。こんな格好で、申しわけありません」

表の街灯の明りがわずかに入ってくるだけだったが、それでもすっかり髪の白くなったルミの老け込んだ姿が見分けられた。

「どうしたっていうんだ？――ひどい有様だな」

「あの後、再婚しまして……。これがとんでもない亭主で、散々遊んで、借金をこしらえて消えちまったんです」

「その取立てで追われてるのか」

「ええ……。ひとみに目をつけて、風俗の店に売りとばそうって言うんで、ともかく夜逃げして……。でも、こんなになっちまって、働けず、結局――」

と、声を詰らせる。

「ひとみ君のことか」

「ええ……。お金を持って来る度に、どうやって稼いだか、訊《き》くのが怖くて。でも、どう考えたって……」

「先走るなよ」

と、桐生はいさめた。「あの子の目は輝いてる。今日だって、あの子の目を見て分ったくらいだ。大丈夫。まだ気持はそう荒《すさ》んじゃいないよ」

「そうでしょうか？」

と、すがるように訊く。

「生娘じゃないかもしれないが、見境なく体を売っちゃいない。大方、うまくつり上げて、金だけもらって消えてるんだろう」

「桐生さんにそう言っていただけると……」

ルミは涙ぐんで、「――お願いです。あの子だけでも、どこか働く所を探してやっちゃいただけませんか」

「お前はどうする」

「私はもう、どうせ長くないんです。ここへ放っといてもらえば……」

「馬鹿言うんじゃない」

桐生はかがみ込むと、「俺に任せとけ。まだ五十前だろう？　元気を出せ」

ルミはうつむいて泣き出した。

　ひとみが戻って来ると、

「お母さん、どうしたの？」

　母親が泣いているのを見て足を止めた。

「いいのよ……。親切なことを言われたからね、久しぶりで」

「──お弁当、買って来たよ」

　と、ひとみは当惑顔で言った。


「会田って、殺人犯でしょ？　確かあなたが……」

　と、小夜子は聞いていたCDを止めて言った。

　色々通っている教室の一つに〈コーラス〉があり、

「思い切り声を出して歌うと、体にもいいのよ」

　と主張している。

　次に教室で練習する合唱曲のCDを居間で聞いていたのである。

「今は母親の名前を名のってるから、須藤ひとみだ」

　夜、ガウンをはおって寛《くつろ》いでいる。かなり夜中に近い時間。──友子は、

「うちの両親は夜遊びが過ぎるよ」

　と、友人たちに冗談でこぼしていた。

「これも何かの縁だ」

と、桐生は言った。「母親は入院させたよ。ざっと見たところでは、胃や腸が弱ってはいるが、回復にそう時間はかからないだろうってことだった」

「その費用はうちで出すの？——いえ、ケチして言ってるんじゃないの」

「元気になれば働くさ。ただ、当面は面倒を見てやらんとな。亭主の借金についちゃ、うちの顧問弁護士に当らせる。そして、当面、ひとみって子が住むアパートを借りてやった。母親が退院すれば、二人で暮すことになるだろう」

桐生は少し黙っていたが、「——そこまでやってやる必要はない、と思うか」

「私はいいけど……。はた目には、あなたが愛人でも置いてるように映るでしょうね」

桐生は正直びっくりした。

「考えてもみなかったな」

小夜子は笑って、

「その呑気《のんき》なのが、あなたらしいところよ。——あなた、その子の父親を射殺したんでしょ。そのことで、今のその母親の境遇に責任を感じてるんじゃないの？」

「そうかもしれない。しかし、自分でもよく分らないんだ。会田を射殺したのは仕方のないことだった。後悔はしてない」

桐生は少し考えて、「大方、昔の知り合いがホームレス同様になってるのを見て、放っておけなかった。それだけのことなんだ」

小夜子は肯いて、

「でも……そのひとみって子は知ってるの？　父親を射殺したのがあなただっていうことを」

「どうかな。――知らないだろう」

と、桐生は言った。

5

珍しいことに、友子はその日約束に遅れてしまった。

といって、友子が寝坊したとか、うっかり忘れていたというわけではない。

大学を出て、待ち合せの時間までずいぶんあった。どこで時間をつぶそうかと迷っていると、

「友子さん」

と、小走りにやって来たのは、只野刑事だった。

「あ、どうも……」

一瞬、何かあったんだろうかと思った。あのとき助けてくれた人が見付かったのだろうか。

事件から三ヵ月。もう晩秋と言った方がいい季節になって、友子もやっとあの恐ろしかった思い出から逃げられそうだったのだ。

「ちょっと、二、三人見ていただきたい男がいて」

と、只野は言った。「突然すみません」

「時間、かかります？」

「いや、三十分もあれば」

それなら今の彼——小倉哲也との待ち合せに充分間に合う、と思った。そして只野について行くことにしたのである。

「——ねえ只野さん」

と、友子は言った。

かつて父の部下だったと分ったので、大分気楽に話せる。

「やっぱりあの人が見付かったら、逮捕されるの？」

「まあ、裁判所が決めることですよ」

と、車の中で只野が言った。

「でも、私を助けて捕まるなんて、申しわけないわ」

「もし、それらしい男がいたら、正直に言って下さいね」

と、只野が苦笑した。

「そうね。——私、嘘のつけない性格だから」

少し間があって、只野が言った。

「あのときの犯人たちの中で、一人重体だった男が、ゆうべ死にました」

さすがに友子も息をのんだ。

「じゃあ……殺人？」

「過剰防衛、傷害致死、というところですかね」

と、只野は言った……。


「――ごめん！　遅くなって」

小倉哲也は、喫茶店の奥のテーブルで文庫本を広げていた。

「ああ、大変だったね」

むろん、事情はケータイで伝えてある。それでも、警察の雰囲気が、一人死んだことでガラッと変ったことは感じられた。

「それで、それらしい人はいたの？」

と、小倉が訊《き》く。

今、小倉哲也はW大の三年生。二十二歳である。

付合い出したのはあの事件の後だが、友子は包み隠さず話をしてあった。

「いらっしゃいませ」

と、水のコップを持って来たのは、須藤ひとみである。

「今日は。私、ココア」

「はい」

——ひとみはこの喫茶店で働いて、母親の退院を待っている。友子は、父があれこれ手を打ったのだと知って、ちょっと自分のしたことのように嬉《うれ》しい。

「ホットココア一つ」

と、奥へオーダーを通す声もずいぶん慣れて来た。

カーディガンにスカート、可愛いエプロンという格好は、ひとみによく似合った。

「いらっしゃいませ」

新しい客が三、四人入って来て、ひとみはメニューと水のコップを手にそっちのテーブルへ行った。

「あの子、君の言ってた——」

「ええ、そうなの」

「さっきはずいぶん客がいたけど、よく働いてたよ。真面目な子だな」

「そうね。でも、お父さんに言わせると、目が父親そっくりだって」

「殺人犯だったっていう?」

「しっ! 小さな声で」

と、友子はチラッとひとみの方へ目をやった。

大丈夫だ。ひとみは新しい客のオーダーを取っているところだった。

「ごめん、うっかりしてた」

と、小倉哲也は肩をすくめた。

むろん、父からは、

「誰にも言うんじゃないぞ」

と、念を押された。「本人も、父親が殺人犯だったこと、父さんが射殺したってことは知らないんだ」

「うん、分ってる」

と、友子は約束したのだが……。

そんな凄《すご》い秘密を、好きな相手に黙っておくのは辛《つら》い。

ちょっとほのめかせば、すべてしゃべらざるを得なくなる。――そのことは分っていたが、どうしても小倉にだけは話さずにいられなかった。

小倉は興奮して聞いていた。そして、

「僕も誰にも言わない。誓うよ」

と言ってくれた。

友子も、それで少し後ろめたさが消えた。自分と小倉、二人だけの秘密を持っているというのは、悪い気分ではない。

特に、ひとみ自身さえ知らない秘密なのだから。

「はい、お待たせしました」

ひとみがココアを持って来る。

「ありがとう。――お母さん、どう？」

「すっかり元の通り。早く退院したがってるわ」

と、ひとみは嬉しそうに言った。「退院したら仕事を見付けて……。ゆっくり眠れるわ」

ひとみが戻って行くと、

「大人だなあ」

と、小倉は言った。

「ね、謝らなきゃいけないことがあるの」

と、友子は話題を変えた。

「——何だい？」

「来週の、あなたの誕生日なんだけどね。私、どうしてもクラブの用事で大学に残ってなくちゃいけないの」

「そうか」

「ごめんね。しっかりケーキでも作ってお祝いしようと思ったんだけど」

と、友子は小倉の手に自分の手を重ねて、

「一年生でしょ。先輩に言われると、残れませんって言えないの」

「分った。いいよ、そんなこと」

「よくないわ。私、楽しみにしてたのに……」

と、口を尖《とが》らす。

「一日のばしてお祝いしてくれよ。それで充分さ」

「やさしいのね」

と、友子は微笑んだ。「せめて、電話ぐらいするわ。出かけてる？」

「いや、昼間バイトがあって、くたびれてるから、アパートにいるよ」

「そう？　じゃ、起こしちゃ悪いから」

「大丈夫。その代り、出るまでに時間がかかるかもしれないぜ。なかなか起きないから」

「起きるまでかけるわ」

友子は、ちょっと腰を浮かして、小倉の頰に素早く唇をつけた。


「――そうか。死んだのか」

と、桐生は言って、ため息をついた。

「今日、友子さんに三人ばかり見てもらったんですが、どれも感じが違うと……。こんなことを言っちゃ失礼でしょうが――」

と、只野は電話口で口ごもった。

「分るよ」

桐生は、居間のソファにかけて、「あの子が、助けてくれた男をかばってないかってことだな」

「もし、そうだとしても無理もないとは思います。しかし、死んだとなると……」

「うん。俺にも分る。――それとなく、友子にも訊いておこう」

「よろしくお願いします。他の連中は、大分よくなってますが、多少手足に不自由なところは残るでしょう」

「友子に仕返しになんか来ないだろうな」

「その心配は、まずないと思いますよ。もうあの子に近付くなんて、こりごりだと言ってますから」

と、只野は言った。「しかし――あの力と凶暴さ。何だか、会田のことを思い出しましたよ」

「会田か……。そうだな、あいつも一旦《いったん》切れると止まらない奴だった」

と、桐生は肯いて、「そうか。あいつ、死ぬときに、娘を抱かせてやったんで、『この礼は必ずする』と言った。――会田が、友子を守りに化けて出たのかもしれん」

「お化けが相手ですか？　それじゃ手錠をかけるのに苦労しそうだ」

と、只野が笑って言った。

桐生が電話を切ると、

「――何の電話？」

小夜子が聞いていたらしく、ソファの方へやって来た。

只野の話を伝えると、

「でも、自分のせいじゃないの。女の子一人、何人もでひどい目に遭わせようとしてたのよ。私、同情なんかしないわ」

「ああ、俺だってそうだ。しかし、只野の立場を考えるとな」

「じゃ、会田って人のお化けのせいにしとけばいいじゃないの」

と、小夜子は言った。

「ただいま！」

玄関から、友子の元気な声が聞こえて来た。

6

雨が上って良かった。

──友子は、小倉のアパートへと坂道を上りながら、息を弾ませていた。

両手には、バースデーケーキと、小倉の好物が色々入った袋を下げている。

もう暗くなってはいるが、遅い時間というわけではなかった。

実は、小倉の誕生日の今日、「クラブの用がある」と言ったのは嘘だった。

自分で料理はできないが、ともかく、彼の好きなものを買って、プレゼントとケーキを持って、突然押しかけ、びっくりさせるつもりだったのだ。

「やっと着いた！」

寒いような日なのに、汗ばんでいる。——見上げると、二階の小倉の部屋の窓は、明りが点《つ》いていた。

良かった！

唯一、心配だったのは、友子が来ないからと思って、外出してしまっているかもしれないということだった。

二階へと階段を上ると、小倉の部屋のドアの前で呼吸を整え、チャイムを鳴らした。

「はい」

小倉の声がして、「開いてるよ」

「開けて！　両手、ふさがってるの！」

少しして、ドアが開くと、

「友子！」

小倉が目を丸くして、「どうしたんだ？」

「クラブ、なくなったの」

と、適当なことを言って、「ケーキもプレゼントも買って来たよ！　やっぱりお祝いはその日でなくちゃ！」

と、上った友子は、足を止めた。

テーブルに、ロウソクの火が揺れていた。

バースデーケーキ。そして、いく皿も盛られた料理。シャンパンのボトル。

――長い沈黙があった。

「君が来るなんて……思わなかった」

と、小倉が言った。

「これ……誰が？」

友子の声は震えていた。

「いや……ちょっと……」

「私は……お邪魔なわけね」

「友子――」

「ひどいわ」

友子の手から、ケーキの箱が、プレゼントが落ちた。

「聞いてくれ。特別な人じゃないんだ。ただ――」

「どこにいるの？　彼女はどこ？　お風呂《ふろ》に入ってるの？　それともベッドで待ってるの？」

「違う！　ちょっと――足りないものがあるって、近くのコンビニへ……」

「じゃあ……戻って来るのね」

「友子。――お願いだ。落ちついて」

「私は平気よ。落ちついてるわよ。あなたの方でしょ、あわててるのは」

階段を上って来る、軽やかな足音がした。

そして、その足音は小倉の部屋の前まで小走りに、

「お待たせ！」

と、ドアが開いて、須藤ひとみが入って来た。


「すみません」

と、ひとみが言った。「でも、小倉さんとは何でもないの。本当に」

夜の坂道を下って行く。

友子は無言だった。

「——私、寂しかった」

と、ひとみが言った。「小倉さんが忘れ物を取りに店へ寄って、ちょうど私の勤めの終了時間だったから、一緒におしゃべりして……。こんなこと初めてで、浮かれてた」

友子は、じっと足下に目を落としていた。

「すみません」

と、ひとみはくり返した。

友子は足を止め、ひとみと向き合った。

「あんたはね、殺人犯の娘なのよ！　私のお父さんに射殺された凶悪犯の娘なのよ！」

その叫びは、友子の心の中から出なかった。——そう言ってしまったら、自分の方が惨めになる。

「いいのよ」

と、友子は言った。「私が、今夜用があるなんて嘘ついたからいけないの。——ね、ひとみさん。あなた、アパートへ戻って。二人で買って来たケーキやおかず、あの人一人じゃ食べ切れないわ」

「そんなこと——」

「いいから行って！　お願い。——私は大丈夫。また後で彼とはちゃんと仲直りするから」

「でも……」

「行って。一人にしといちゃ可哀そう。——ね？」

しばらく、ひとみは黙って立っていたが、突然友子の手を取ると、その甲に唇を触れた。そして、

「ありがとう！」

と言って、坂を駆け上って行った。

友子はちょっと呆然《ぼうぜん》としていたが、

「——大げさな子」

と、自分の手の甲を眺めた。

友子は、駅へ向って、ゆるい坂を下って行った。

街灯のそばに、シルエットになった男の姿があった。

友子は、どこかで見たような気がして、

「もしかして……」

と、足を止めた。

「元気かね」

と、男が言った。

「ええ……」

「その後は大丈夫か」

「何もないわ。――一人、死んだって」

「そうか。人間、いつか死ぬ」

と、大して気にとめてもいない様子。「寂しそうだね」

「何でもないの。ちょっと――失恋しちゃっただけ」

「そうか。――辛《つら》いか」

「胸が痛むわ。でも仕方ない」

と、友子は肩をすくめた。「警察が、捜してるわ」

「俺は見付からないよ」

と、男は言って、「役に立つことがあれば、いつでも言ってくれ」

「ありがとう。でも――」

車がそばを通った。

「ねえ……」

振り向くと、もう誰もいない。

友子は、夢からさめたように、その場にしばらく立ち尽くしていた。

7

大学生らしい男の子、三人が、店に入って来たときからずっと自分のことを見ているのに、ひとみは気付いていた。

もちろん、喫茶店で働いていれば色んな客に出会う。特にひとみはもっと「まともでない」客を相手にしていたこともあるのだ。

顔を見られるぐらいのことで、少しも怖気《おじけ》づきはしない。

「――オーダー、よろしいですか」

と、目を合わさないようにして、テーブルのそばに立つと、

「お前、ひとみっていうのか」

と、一人が言った。

「オーダーをお願いします」

と、ひとみは無表情に言った。

「返事したら注文してやるよ」

と言って笑うと、「前は男から金巻き上げてたんだって？」

「いくら取ってたんだ？　二万？　三万か」

「可愛いし、いい体してるぜ。一時間で、五万は取れるよ」

ひとみはため息をついて、

「何も注文されないんでしたら、お帰り下さい」

と言った。

「——何だ、おい！　その口のきき方は！」

「客に向ってどういう言い草だよ」

とたんに威丈高になる。こういう相手にも、よく出会った。

しかし、なぜこんな大学生たちが自分のことを知っているのだろう？

「失礼しました。オーダーをどうぞ」

ひとみが一向に乗って来ないので、面白くないらしい。

「コーヒー三つ」

と、仏頂面で言った。「愛想がねえな。スカートでもまくって見せろよ」

ひとみはその男の水のグラスを取り上げると、中の水を全部、男の頭にぶちまけた。

「何するんだ！」

びしょ濡《ぬ》れになった男があわてて立ち上る。

ひとみは素早く後ろへ退がると、

「言っていいことと悪いことがあるでしょう」

と、にらみ返した。

「おい、危ないぜ」

と、他の一人が言った。「何しろ殺人犯の娘だぞ。急に凶暴になるかもしれねえよ」

そこへ、

「おい！　やめろ！」

――小倉が立っていた。

「何だ、お前か。お前が教えてくれたんじゃねえか」

「出てけ！」

小倉は殴りかからんばかりの勢いで、「二度とここへ来るな！」

「分ったよ。――何だ、あんなに得意そうにしゃべってやがったくせに」

「出て行け！」

小倉は真赤な顔で、三人を店から出してしまうと、何度か深く息をついた。

「――私、殺人犯の娘なの？」

と、ひとみは言った。「どうしてあなたがそれを知ってるの？」

「ひとみ……。ごめん」

小倉は、席に座ると、「友子から聞いた」

「友子さんから？」

「コンパで酔って、君をただ見かけただけのときだったんで、大して考えもせずにしゃべっちまった……」

ひとみは向いの席に腰をかけて、

「私だけが知らないなんて、ひどいわ」

「ひとみ——」

「何かあるとは思ってた。母が父のこと、何も話してくれないし。でも……」

「もうお父さんは亡くなったんだ。今の君とは何も関係ない」

ひとみはじっと小倉を見て、

「父は……死んだの？」

小倉は目を伏せて、

「——うん」

「知ってることを話して。友子さんから聞いたこと、全部話して」

小倉も、ここでやめるわけにはいかないと思ったのだろう。友子の話した通りを、ひとみに伝えた。

「——桐生さんが、父を射殺したの」

「刑事だったんだ。仕方なかったんだよ。ね、もう終ったことだ。——今は、友子だって君のいい友だちだろ？」

ひとみの顔からは血の気がひいていた。

──ふしぎなことに、父親が殺人犯だったということより、桐生に射殺されたということより、ひとみを打ちのめしたのは、小倉をとられた友子が、ひとみにその秘密をしゃべらなかったということの方だった。

なぜ？　憎い恋敵なら、なぜ本当のことをぶちまけて罵《ののし》らなかったのか。

ひとみは深い敗北感を味わった。自分が憐《あわ》れんで見られていたということを、人から知らされる。

それが何より辛いことだった。

「ひとみ……。あんな奴らのこと、気にするなよ。父親は父親、君は君だ」

小倉はひとみの手を取った。

分ってない。──ひとみは思った。あなたには何も分ってない。


「お父さん！」

ドアを開けて中を覗《のぞ》くと、桐生はデスクに向って何か考え込んでいた。

「友子か。どうした」

と、笑顔になる。

「副社長でしょ。もっと働け！」

と、友子は言った。「大学、早く終ったんで、お昼おごってもらおうと思って」

「いいとも。──もう昼か」

桐生は立ち上ると、「ちょうど良かった。お前に話しておくことがある。出よう」

「うん……」

二人は会社を出て、五分ほどの所のレストランに入った。

ランチを頼んで、

「私に話って？」

と、友子が訊《き》いた。

「うん……。ま、食事の後にしようかと思ったが……」

「そう聞いたら却《かえ》って気になるよ」

「そうだな」

桐生は肯《うなず》いて、「須藤ルミの娘のことだ」

「ひとみさん？」

「俺が口をきいて、喫茶店で働いてたろう。辞めたそうだ」

「何かあったの」

「父親のことを、客の大学生から言われたということだ」

「――父親のこと？」

「店の主人が聞いていた。ついさっき、電話して来たよ」

「でも……どうしてそんなことを知ってたんだろ」

「俺にもよく分らんが……」

桐生は、その事情を、詳しく伝えた。「ひとみ君に謝ってた大学生というのは、以前、お前とよく店に来ていたと言っていた」

友子は青ざめた。――信じたくない。しかし、他には考えようがなかった。

「お父さん……」

友子はそろそろと立ち上って、「私……食欲ないの。行くわ」

「座れ」

「食べたくないの」

「いいから座れ」

オードブルの皿が出て来た。桐生は、

「作ってくれてる人に申しわけないぞ。大人なら、ちゃんと食べて行け」

友子は力なく腰をおろすと、ナイフとフォークを取った。

「――何も言うな」

と、桐生は言った。「若い内は、後悔するようなことばかりやるもんだ」

「でも……」

「それをやって大人になって行くんだ。分るか」

「うん……」

「その男の子も、悪気はなかったんだろう。つい、しゃべってしまって後悔してるさ。人は他人の不幸を面白がるものだ」

「でも……それじゃひとみさんは、父親がお父さんに射殺されたことも聞いたわね」

「うん……。もし俺の所へ来たら、包み隠さず話してやる。母親が退院したら、どうせ話すつもりだったんだ」

友子は、父の話にこれほど心を打たれたことはなかった。——むろん、父親として愛してはいるが、元刑事という経歴と、今の仕事にも、あまりいい印象は持っていない。

父を、「人生の先輩」として初めて見たような気がした。

——昼食を食べ終ると、

「おいしかった」

と、友子は言った。

「食べて良かっただろう」

「うん」

友子は素直に肯いた。

8

小倉は友だち五、六人と一緒に、笑いながらやって来た。

女子大に慣れた友子には、W大の雰囲気はどこかなじめない。しかし、はた目には友子もどことい って変りのない一人の女子学生なのだろう。

小倉が、ベンチにかけている友子に気付くと足を止めた。

「先に帰ってくれよ。俺、ちょっと──」

と、他の男の子たちへ言って一人で残ると、友子の方へやって来た。

「やあ……」

と、目を合わせないまま、「待ってたの？　寒いだろ」

「ひとみさんはどこにいる？」

と、友子は言った。

「ひとみ……。いないのか」

「アパートへも帰ってない。お母さんの病院にも見舞に行ってない。どこで何してるのか……。連絡、ない？」

「うん、何も」

小倉は並んで腰をかけると、「店を辞めたっていうのは……聞いたけど」

「彼女なんでしょ？　もう少し心配して捜したら？」

つい、突っかかるように言って、「──ごめん。私がしゃべったのがいけないのよね。あなたのせいにしちゃいけないんだわ」

「悪かったよ。──あの子にも申しわけなくてさ。電話するのも、ついためらっちゃう」

「お互い、反省は後だわ。ともかくひとみさんを見付けないと」

と、友子は言った。

「でも、どこを捜せば……」

友子は立ち上って、

「アパートへ行ってみましょ。いないとは思うけど、万一ってことがあるわ」

二人は大学を出て、バスを待った。

「――ひとみさんのこと、好きなんでしょ」

と、友子は言った。

「ああ……」

「それならいいの」

「だけど――」

と、小倉が言いかけたとき、友子の携帯電話が鳴った。

「――はい。――あ、お父さん。――どこで？――分った、すぐ行ってみる」

友子の表情が固くなる。

「どうした？」

「ひとみさん、ホテルで男の財布を盗もうとして捕まったって」

と、友子は言った。「今、警察にいるわ。行きましょう」

「やあ」

只野刑事が待っていてくれた。「こっちだ」

廊下をついて歩きながら、

「父は？」

「今、こっちへ向ってる」

と、只野は言って、「——ここだ」

ドアの一つを開けた。

ひとみが椅子にかけて、タバコをふかしている。——セーラー服姿だった。

「ひとみさん……」

友子は歩み寄ると、「もう、そんなことやめて。お母さんのこと、考えてあげないと」

「被害者は、訴えるつもりはないそうだ」

と、只野は言った。「せっかく、桐生さんがあれこれ気づかってくれてるんだぞ。それに応《こた》えなきゃ」

「放っといて」

と、ひとみは煙を天井へ吹き上げ、「——あんまり親切なんで、こっちもつい、善意とかってもんを信じるところだったよ」

と言って笑った。

「どういう意味？」

「要するに、罪滅ぼしだったってことさ。あんたの父親が私の親父を撃ち殺したから、その埋め合せをしてるんだ」

「それは違うぞ」

と、只野は言った。「会田は何人も殺して逃げてたんだ。桐生さんが射殺したのはやむを得なかった。君やお母さんの面倒をみる義務は全くない」

「だから放っときゃいいのさ」

「只野さん」

と、友子が抑えて、「――ひとみさん。あなただって、父親と娘が別々の人間だってことは分ってるでしょ。そんな風にワルぶってもだめよ。あなたはちゃんと働いてたじゃないの」

「ひとみ……。ごめん。僕が悪かった」

と、小倉が歩み寄る。

そのとき、ドアが開くと、

「哲也!」

険しい表情の中年女性が立っていた。

「母さん! どうしてここへ?」

「そんなこと、どうだっていいわ! 何てことなの。こんな不良と付合ってるなんて!」

「母さん――」

「帰るのよ！　早く！」

小倉は、母親に手を取られて、引張られて行った。

友子は、じっとその成り行きを見ていたが、

「――ひとみさん。行きましょう」

と促した。「あなたのお母さんが心配してるわ」

ひとみは素直に立ち上った。

そこへドアが開き、桐生が入って来た。

「お父さん」

「どうした？」

「今、ルミさんの所へ」

「そうか……。ひとみ君。黙っていて悪かったね。いつか話すつもりではいたんだ」

と、桐生は言った。

「いいえ……」

ひとみは、唇を震わせて、「ちょっと――手を洗わせて」

「出て右だ」

と、只野が言った。

ひとみが出て行くと、友子は、

「ひとみさん自身が、彼の母親へ知らせたのね。他に考えられないもの」

と言った。「彼が別れるように仕向けたのよ」

「そうか。──電話させてくれと言うから、てっきり彼氏を呼ぶのかと思ってた」

と、只野は初めて気付いた様子で、「桐生さんの見込んだ子だけのことはありますね」

「苦労したんだ。ともかく、もう一度やり直させよう」

と、桐生は事情を聞いて肯《うなず》いた。

「今度こそうまくいくわ」

友子は、ホッとした様子で微笑んだ。


「──ひとみ」

ベッドから、須藤ルミは手をのばした。「良かった！　無事だったのね！」

「うん……。ごめん」

ひとみは照れたように、「ちょっとね、退屈しのぎに遊んでただけ」

ルミは桐生から詳しく話を聞いていた。

「遊びはいいけど、ちゃんと働かなきゃ」

友子が顔を出して、

「今度は大丈夫。──ね、ひとみさん？」

「さあ。私、いい加減だから」

と、ひとみは肩をすくめた。「お母さん、早く退院して、私のこと見張ってれば？」

「そうするわ」

ルミは娘の手を握って、「――悪いけど、お茶をいれてくれる?」

「うん」

「じゃ、私、また来ます」

と、友子はルミに手を振った。

――二人は病院の廊下へ出た。

「ひとみさん……」

「心配させてごめんなさい」

「いいの。――父のことを許してね」

「十五年前のことでしょ。それに――桐生さんは、必要もないのに人を撃ったりしないと思う」

友子は言葉もなく立っていた。

自分の父を射殺した男。――恨むのは易しい。許すことは難しいのである。

「それじゃ」

友子は、ひとみと握手をして、別れた。

階段を下りようとすると、茶碗《ちゃわん》の割れる音で、友子は足を止めた。

ひとみだろうか?

お茶をいれに、給湯室へ行ったはずだが……。

友子は少し戻ってみた。

「分ってるわ」

ひとみの声がした。

「やっぱり……僕はまだ大学生だしね」

「うん……」

「じゃあ……行くよ」

友子は急いで身を隠した。

給湯室から小倉が出て来る。帰って行く足どりは、重荷から解放されたように軽やかだった。

友子は給湯室の近くまで戻ってみたが、中から聞こえてくるすすり泣きの声に、足を止めた。

——今は声をかけるべきじゃない。

友子はそっとその場から立ち去ったのだった……。

病院を出て、友子は夜の道を歩いて行った。

風が冷たい。——でも、友子の心の中はもっと寒々としていた。

「——何かあったんだね」

その男は、いつの間にかすぐ横を歩いていた。

友子も、今度は少しも驚かなかった。

「男なんて……」

と、友子は言った。「いやになっちゃった」

「振られたからか」

「違うわ。私……」

何と説明していいのか、分らなかった。

小倉が、ひとみへの思いを貫いてくれたら、友子が身を引いたかいもあったというものだ。でも小倉は結局、ひとみを捨てた。

友子のバッグで、携帯電話が鳴り出した。

「――もしもし」

「あ……友子？」

小倉だ。友子は戸惑った。

「どうしたの？」

「今日は――何だか後味悪くてごめんよ」

「いいのよ。――ね、ひとみさんはあなたが別れやすいようにしたのよ。分った？」

「うん。でも、やっぱり無理だったんだ。そうだよ」

「小倉君――」

「な、もう一度やり直さないか。僕はやっぱり君の方が安心してられるよ」

――何なの、この言い方は？

私が、ひとみさんが、どんなに苦しんだか、少しも分ってない。

すんでしまったことは、忘れていいと思っている。

「また電話するよ。じゃあ」

小倉は、この近くでかけているのだ。つい何分か前、ひとみと別れて来たばかりで、平気で友子に電話して来る。

友子は、通話の切れた携帯を、じっと見下ろし、やがて涙が溢《あふ》れて落ちた。

ハッとして涙を拭《ふ》くと、あの男の方を振り向く。

しかし、そこには誰もいない。――ただ、夜の闇があるばかりだった。

9

大学の正門を出ると、正面に停ったベンツから、父が顔を出した。

「どうしたの？」

と、友子が小走りに寄ると、

「乗れよ。ひとみ君のアパートに行く」

「うん」

助手席に腰をかけて、シートベルトをする。「――ひとみさんに何の用？」

「次の仕事の話だ」

「見付かったの？　良かった！」

「なかなかいい条件なんだ。ウェイトレスよりは普通のＯＬに近いが、その方が長くやれるだろうしな」

「ありがとう、お父さん」

桐生が笑って、

「娘に礼を言われたりすると、照れるな」

と言った。「あの彼氏とはもう付合ってないのか」

「やめたよ」

「そうか。――年ごろの娘が、父親を見て嬉《うれ》しそうにするってのは、彼氏と別れたときぐらいだな」

と、桐生はなかなか鋭いことを言った。

「もうあの人のことは言わないで」

と、友子は言った。

車は、夕暮の近い中、ひとみの住んでいるアパートに着いた。

肌寒い、雨か雪でも降りそうな日である。朝から夕方のように薄暗く、一日中明けなかったかのようだ。

「――ここだわ」

と、二階のドアの前で足を止め、「電話してから来れば良かったね。いるかな……」

ドアを叩《たた》こうとしたとき、中からドアが開いて、友子は小倉と顔を合わせていたのだ。

「やあ」

小倉は目をそらすと、「帰るところなんだ、失礼！」

立ちすくむ友子の傍を抜けて行く。

友子は、ひとみがパジャマの上だけをはおって上り口に立っているのを見た。

「——悪いところへ来たな」

と、桐生が言った。

「友子さん……。ごめんなさい」

と、ひとみが言った。「あの人は——あなたに振られて、ここへ来たの。私……追い返せなかった」

「分るわ……。小倉君はひどい！　あなたのことを——」

「分ってる」

と、ひとみは遮った。「愛されてないことは知ってるわ。でも——私は好きなの。だから……」

そのときだった。

「やめてくれ！」

という叫び声がして、激しく何かのぶつかる音がした。

「——小倉君の声だわ」

友子は急いで階段を駆け下りた。

下の廊下は暗く、下りた友子は何かにつまずいた。

かがみ込んで、友子は息をのんだ。壁際に小倉が倒れていた。

「死んでる……」

首の骨が折れていた。大方、力任せに、壁へ叩きつけられたのだろう。廊下にぼんやりと、男のシルエットが浮かんだ。

「殺さなくても良かったのに……」

と、友子は言った。

「そういう男は、同じことをくり返す。そういうもんだ」

と、その男は言った。

「——その声は、お前か？」

と、桐生が階段を下りて来て言った。

「どうも」

と、男が言った。

「本当にお前なのか？」

桐生は啞然《あぜん》として、「じゃ、あのときの約束を果たしたのか」

「俺は約束を守る男だ」

「しかし……。いや、礼を言うよ。この子を救ってくれたことには感謝してる」

「あれには俺も満足してるよ」

「だがな――」

と、桐生が言いかけたとき、階段をパジャマ姿のひとみが駆け下りて来た。

「小倉さん！」

「ひとみさん。もう……」

ひとみは立ちすくみ、そして、男の方へ向くと、

「どうしてこんなひどいこと……」

声を震わせると、ひとみはいきなり男の方へとつかみかかった。「人殺し！」

止める間もなかった。男が軽々とひとみの体を頭の上まで持ち上げる。

「やめろ！」

と、桐生が言った。「その子はひとみ君だ！」

鋭い銃声がして、男の体が揺らいだ。

そして――突然、男の姿は一瞬の内に消え、ひとみの体は真直ぐ床へ落ちた。

「ひとみさん！」

友子が駆け寄った。桐生はやって来た男を見て、

「只野か」

「桐生さん。今のは――」

「いいんだ。よく撃ってくれた」

友子はひとみを抱き起した。

「しっかりして！」

桐生はかがみ込んで、ひとみの手首を取った。

「気を失ってるだけだ。大丈夫」

「良かった！　でも今のは……」

「会田だ。――お前を救ってくれたのは、ひとみ君の父親だ」

「そんなことが……」

しかし、現に目の前で男の姿は消えてしまったのだ。

「――知らずに自分の娘を殺すところだったんだ」

「気が付いたわ！」

ひとみが目を開けて、

「私……」

「大丈夫よ。床に落ちただけ」

と、友子が言って、ひとみの手を握った。

「私、今……」

ひとみが息をついて、「落ちる瞬間に、声を聞いた」

「声？」

『俺を忘れるな』って言ったわ」

ひとみはふしぎそうに、「あれ、何だったのかしら？」

桐生は、ひとみを抱き上げて、

「その一瞬で分ったんだ。ふしぎなもんだな」

と言うと、「さあ、部屋へ運ぼう。——ゆっくり話してあげるよ」

ひとみを抱いて階段を上って行く父を、友子は見送って、それからあの男の消えた場所に、そっと身をかがめて手を触れてみた。

冷たいコンクリートの床に、気のせいか、かすかなぬくもりを感じたような気がした。

第四話　人質の歌

1

「おい、どうなってるんだ！」

支店長の山口が苛々《いらいら》した声を叩《たた》きつけると、前に立った児玉竜治は、本当に目に見えない拳《こぶし》でぶん殴られたように、危うく後ろへよろけそうになった。

「ただ今……車が渋滞に巻き込まれておりまして」

という返事も、おずおずとしたものにしかならない。

「そんなことはさっきから十回も聞いた！　その後、どうなってるか訊《き》いてるんだ！」

山口の落とす「雷」の凄《すご》さには定評があって、また児玉は日ごろいつもそれに打たれていたが、だからといって一向に「慣れて楽になる」なんてことはないのだった。

「連絡は取ってるんですが、何分、向うもこの辺の道には詳しくないようで……」

「何時だと思ってるんだ！　もう二時二十分だぞ」

山口は、支店長室の壁の時計を指して、「三時には店を閉めなきゃならんのだ！　ぎりぎりに着いても何もならんのだぞ！」

「その点は、話してあります。何としても二時半までにここへ着いてくれと――」

「あと十分しかないんだぞ！　本当に着くのか？」

そう訊かれても、ここにいる児玉に、そんなことが分るわけはない。しかし、そう答えたら、また山口の怒りのボルテージが上るばかりだ。

「それはもう、何とか、必ず、きっと、たぶん……」

自分でも何を言っているのかよく分らないのである。

そこへ、ドアが開いて、

「失礼します。――児玉さん、お電話が」

「ありがとう！」

児玉は、支店長室から飛び出した。

N銀行のK支店。――そう大きな支店ではないが、商店街の中にあって、客は多い。年の暮れ、十二月に入ったばかりだが、窓口の順番を待つ客もいつもより何割か多かった。

それに加えて、店の表には、カメラを持った何百人もの男の子たち。

「電話は？」

と、児玉は自分の机へと急ぎながら訊いた。

「3番に入ってるわ」

井上明美は、銀行の制服がよく似合う、二十四歳。しっかりしていて、五つ年上の児玉の方が頼ってしまうようなタイプだった。

「――もしもし」

児玉は電話を取ると、「――あ、児玉です。今、どの辺ですか？」

聞いている児玉の顔から、見る見る血の気がひいた。

井上明美は電話のスピーカーボタンを押して、自分も聞けるようにした。

「いや、この先、工事中らしいんですよ」

と、いやに明るい男の声。「さっきから十メートルぐらいしか進んでなくてね」

「しかし……それじゃ困りますよ」

と、児玉は死にそうな声で、「二時半には入っていただかないと。予定は二時なんですから」

「分ってますけどね。こっちもどうしようもないんですよ」

向うは呑気《のんき》なものだ。

「待って」

と、井上明美が児玉の手から受話器を取ると、「もしもし、替りました。今、車はどこにいるんですか?」

「さあ……ともかく商店街へ出る通りだと——」

「外に何か見えます? お店とか、目印になりそうなもの」

「ええと……今は、マクドナルドの前ですね」

「マックの前? 反対側におそば屋さんがあります? 前に郵便ポストがあって」

「ああ、ありますね。何だか古くて汚ないそば屋で」

明美は送話口を押えて、

「駅の向うだわ。そう遠くないけど……」

と、少し考えていたが、「——もしもし、そちらの車は？」

「車？　ワゴン車です。パープルカラーの」

「分りました。迎えに行きますから」

「迎えにって——」

明美は電話を切ると、

「踏切にでも引っかかったら、とても三十分じゃ着かないわよ」

「井上君……」

「私、行って来る！」

絶望的な表情の児玉を後に、井上明美は支店の通用口へと急いだ。

外へ出ると、駐車場の隅に置いた自転車へと駆けて行く。

明美はこの自転車で通っている。細い道や、一方通行の多い所なので、自転車が一番早いのである。

「行くぞ！」

自転車にまたがると、明美は腰をサドルから浮かして猛然とペダルを踏んだ。

「——喉《のど》が渇いた」

と、相楽ナナは言った。「ね、ウーロン茶、ちょうだい」

「さっき飲んじゃったよ」

と、マネージャーの安田は困ったように、「もうじき着くから、待ってろよ」

「さっきからちっとも進んでないじゃない」

と、相楽ナナは言った。「後の仕事に遅れちゃうわ。どうするの？」

「遅れたら、その分早く切り上げりゃいいのさ。五分で出たって、ちゃんと顔は出したことになる」

「いい加減ね」

と、十八歳のアイドル歌手は笑った。

「ねえ、ウーロン茶！」

「分ったよ。──そこにコンビニがあるな。ちょっと買って来る」

安田はワゴン車の扉を開け、出て行った。

──相楽ナナはリクライニングを思い切り倒して目をつぶった。

慢性的な寝不足。車での移動の間は、貴重な睡眠時間である。

N銀行のイメージガール。その仕事に関連して、その支店の一つに顔を出すことになっていた。

「支店長と並んで、ニッコリ笑って写真を撮りゃいいんだ」

と、安田には言われている。

どこへ行って何をするのか、ナナ自身はほとんど知らない。セリフを憶《おぼ》えるような仕事はめったにないので、たいてい行き当りばったりで何とかなる。

でも……こんな暮しが私の「夢」だったのかしら？

ナナは、最近夜一人になると、よくそう考えるのだった。——秒刻みのスケジュール、どこも自由に歩けない。

人気。あんなに憧《あこが》れていた「人気スター」という立場も、いざなってみると面白くも何ともなかった……。

ガラッと扉が開いた。

「早いのね」

と、ナナは体を起したが——。

「相楽ナナさんですね？」

制服姿の女の人が息を弾ませて立っている。「私、N銀行K支店の者です。お迎えに来ました」

「あの……」

ナナが面食らっていると、

「自転車です。後ろに乗って下さい。車のままだと、あと二十分はかかります」

「あの——マネージャーが今、ちょっと出てるんで」

「一人でも大丈夫でしょ？　自転車なら近道で五分です」

運転していた事務所の若い社員が、

「ちょっと困るんですよ。ナナちゃんを自転車でなんて──」

と言いかけると、

「こっちの方が困ってるんです！」

と、その女性が凄《すご》い剣幕で遮った。「銀行はね、三時でシャッターを閉めなきゃいけないんです。法律でそう決められてるんです。二時に来て下さるという約束でしょ？二時半には支店へ入って下さらないと、間に合いません。支店の前で、大勢ファンが待っています。あなたもプロでしょ。間に合うように努力して下さい！」

ナナは面食らっていた。

こんな風に言われたことは初めてだ。でも、それは悪い気分じゃなかった。

「──分りました」

と、ナナは立って、「安田さんに、後から来てと言って」

「でも……」

ナナは白いドレス姿で、自転車の後ろに横座りした。

「何だか懐しい」

「しっかりつかまって！　行きますよ」

自転車はたちまちスピードを上げると、車の間をすり抜け、細いわき道へと入って行った。

2

何だ、この騒ぎは？

銀行の前まで来て、上野拓也は唖然《あぜん》とした。

近寄ってみると、〈相楽ナナ本日来店！〉という看板。

――タイミングが悪い。しかし、今さらやめるわけにいかなかった。

上野は、ゴルフバッグを肩にかけ直した。――中には散弾銃が入っている。

四十五歳の上野は、失業して半年以上たっていた。もう我慢できない。

決心したのだ。今日、ここから現金をいただく。

少し早く着いてしまったが、この混雑だ。中で、何か伝票でも書くふりをしていりゃ目につくことはあるまい。

自動扉が開いて中へ入ると、

「いらっしゃいませ」

と、頭の禿《は》げた親父がニッコリ笑って（少し気味が悪い）寄って来る。

「どうも……」

なんて、上野は返事までしてしまった。

「ご用件は？　お引出しですか？」

「うん」

引出す金なんてないよ。——むろん、口座のある銀行では顔を知られているから、初めての銀行を選んだ。

「では、あちらで払戻請求書にご記入下さい」

「ありがとう。——分るよ、大丈夫」

「さようでございますか。何かお分りでないことがございましたら、いつでもお申しつけ下さい」

上野は少々ショックを受けていた。

そりゃ、四十五にしちゃ苦労が多くて髪が白くなっているかもしれないが、そんなわけの分らないじいさんに見えるのか？

ともかく、伝票を書くふりをして、チラッと窓口の方へ目をやる。

「お待たせいたしました」

女子行員が、にこやかに百万円の束を三つ四つ、カウンターへ出す。

上野の手が震えた。もう三日もまともなものを食べていない。

一瞬、あれをかっぱらって逃げようか、という考えが頭をかすめた。

「だめだ」

と、首を振る。

たかが三百万ぐらいのことで一生を棒に振るのか？

やるならでかくやるんだ！——三時になると、店内に客は残っていてもシャッターが閉る。

その後は、客は通用口から帰るのだ。

シャッターが閉った後を狙うんだ。——落ちつけ。

上野は、一杯で立っている客もいる中、何とか長椅子に空きを見付けて、腰をおろした。

順番待ちをしているように見えるだろう。

上野は深呼吸した。——二時半か。

あと三十分だ。

「二時半だぞ」

と、山口支店長は声を震わせて、「どうなってるんだ！」

「今しばらくお待ちを……」

児玉は、忍術でも使って消えてしまいたかった。

チンチンチン。

踏切の警報機が鳴り始めた。

遮断機が下り始める。

「行くわよ！　頭を下げて！」

と、明美は怒鳴った。

ナナは、あわてて首をすくめた。――神様！

自転車は、下りてくる遮断機の下をかいくぐり、みごとに踏切を渡り切った。

「――やった！」

と、思わずナナは声を上げた。

「あそこで引っかかると、十分近く待つことがあるのよ」

と、明美は言った。「もう二分で着く」

「自転車……上手ですね」

ナナは必死で明美にしがみついていた。

明美が笑って、

「いつも奈々子ちゃんの家まで猛スピードで飛ばしてたもの」

「え？」

「あなたが中三のとき、家庭教師に行ってた井上先生よ」

「ああっ！　先生！」

ナナはびっくりした。「全然分んなかった！」

「私だって、TVで〈相楽ナナ〉を見たとき、すぐには気がつかなかったわ」

「先生――銀行に？」

「そう。あなたが来るっていうんで、昨日、美容院へ行って来たのに、これじゃね」

自転車を飛ばすので、髪はめちゃくちゃになっていた。

「懐しい！」

「さ、もう着くわ。――裏口から入るわ」

「はい！」


「――二時三十五分だ」

山口は絶望的な表情で立ち上った。「もう〈本日のイベントは中止〉というアナウンスをしよう」

「もう少しお待ち下さい！　今、井上君が――」

と、児玉が言いかけたとき、支店長室のドアが開いて、

「相楽ナナさんです！」

井上明美が息を弾ませて言った。

そして、アイドルがにこやかに笑顔を見せて、

「遅くなってごめんなさい！」

と入って来たのである。「私がいけないんです！　部下の方を叱らないで下さい！」

山口はポカンとしていたが、顔はたちまちフニャフニャと柔らかくなって、

「いやいや、そろそろかな、と思って、今立ったところですよ。ちっとも遅くなんかな

い。充分に間に合います！」

「良かった！　支店長さんに叱られたらどうしようって、ドキドキしてたんです！」

ナナが腕を組んで、「さ、行きましょ！」

児玉は明美と顔を見合せ、山口が真赤になりながら出て行くと、二人してふき出してしまったのだった。


銀行の中がどよめいた。

公共料金の支払いで、もう二十分近くも座って待っていた長谷勉は、

「何の騒ぎだ？」

と呟《つぶや》いて、目を上げた。

いつも、しかつめらしい顔で店内を歩き回っている支店長が、何だか派手な格好の女の子と腕を組んでやって来た。

ああ、何だか——誰かが来るとか看板が立っていたな。

この子か。何て名だっけ？

確かに、ちょっと可愛い子ではある。

しかし——恵美に比べたら、月とスッポンだ。

恵美があと十何年か生きてたら、あんなアイドルなんて足下にも寄れないくらい可愛い美少女になっていただろう。

そうだとも！　恵美こそ世界一可愛い子だった。——だった。

どうして、「過去形」で語らなければいけないんだ？　どうして……。

銀行の中を、まだよちよち歩きの子が駆け回っている。

危ないじゃないか！　いくら店の中といっても、自動扉が開いているときに外へ出てしまったら、どうするんだ？

母親は、一心に週刊誌を読んでいて、我が子がどこを駆け回っていようと気にしない様子だ。

もっと、ちゃんと見ていなさい！

以前の長谷なら、本当に叱りつけたかもしれない。

しかし、今は……。

今の長谷に、そんな資格はない。

恵美。——恵美。お父さんを許してくれ。

お父さんの不注意で、お前を死なせてしまった……。

たった三歳でしかなかった恵美……。

長谷は、溢《あふ》れてくる涙を見られないように顔を伏せた。

支店の外で、男の子たちが歓声を上げた……。

3

「相楽ナナさんに、もう一度大きな拍手を！」

と、児玉が声を張り上げる。

歓声と口笛、そして拍手。

「ありがとうございました！――さよなら！」

ナナが支店長と一緒に店の中へ入ると、シャッターが下り始めた。

午後三時、ちょうどである。

「いや、ご苦労さま！」

と、山口がナナの手を握って、「大いに盛り上った。ありがとう」

行員たちも一瞬手を休めて拍手をした。

「――やれやれ」

児玉はハンカチを出して汗を拭《ぬぐ》った。十二月だというのに、汗びっしょりだ。

「お疲れさま」

と、明美がそばへ来て言った。

「やあ、ありがとう。助かったよ」

「いつも自転車で通ってるのが役に立ったわね」

と、明美は言った。「あなたも頑張ってたじゃない」

児玉は、もともと宴会などで座を盛り上げるのは得意だ。こういうときには別人のように力を発揮するのである。

「おい、児玉！」

と、山口が手招きして、「進行をうまくやったな。三時ぴったりに終らせて、みごとなもんだ」

「ありがとうございます」

「ナナちゃんと一緒に撮ってもらえ」

「いえ……どうも……」

児玉はナナの隣へ行って、行員の一人が向けたカメラに向って、反射的にピースのサインなどして見せる。

見ていて、明美はふき出してしまった。

さあ……。まだ店内には処理の終らないお客様がいる。

「皆様、お騒がせいたしました。お待たせしておりますが、もう少々ご辛抱下さい」

と、明美が客の方へ頭を下げる。

それが合図だったかのように、みんな一斉に仕事に戻った。

「――先生、カッコいい」

と、ナナが言った。「昔から、何となく人をやる気にさせるのよね」

「昔ってね、たった三年前よ」

と、明美が言った。

「あ、安田さん、今来たの？」

マネージャーの安田が仏頂面で立っていた。

「今来たの、じゃないよ。勝手なことしてくれちゃ困るぜ」

と、安田が文句を言う。

「いいじゃないの。間に合ったんだから。車だったら、とても無理だったわよ」

「まあね。しかし、けがでもされたら——」

「私が無理に連れ出したんです」

と、明美が言った。「申しわけありません」

「先生は謝ることないの！」

「先生？」

「私の家庭教師だったのよ」

と、ナナが明美の腕を取る。

そのときだった。——パアンと爆発音がして、天井からぶら下っていた、N銀行のシンボルのハトの人形が粉々になった。

「みんな動くな！」

と、男が一人、カウンターの上に飛び上った。「おとなしくしないと撃つぞ！」

男は散弾銃を手に、銀行の中を見回した。

誰もが呆気《あっけ》に取られている。

まさか——こんなことが現実に起るとは思っていないのである。

「これって、イベントの続き？」

と、ナナが安田に訊《き》いた。

「本物よ！」

と、明美が言った。「早く裏口から出て！」

しかし、人間、とっさに行動には移れないものである。

「おい、君、下りなさい」

無謀なことに、案内係の、あの禿《は》げた中年の行員が、男の方へ歩み寄った。「何してるんだ。そんな物、捨てて」

男は、銃口をその行員へ向けた。

「やめて！」

と、明美が叫んだ。

銃声が再び轟《とどろ》くと、中年の行員は足を撃たれ、血まみれになって倒れた。

——女子行員が悲鳴を上げて駆け出した。

それがきっかけだった。

客も行員も一斉に通用口へ向って殺到した。

「動くな！　みんな止れ！」

犯人の方も、混乱してしまった。

みんなを撃つわけにはいかない。

通用口の前で、ぶつかったり転んだりして、それでも次々に外へ逃げ出して行く。

そして――。

「動くと本当に撃つぞ！」

犯人の声がやっと支店の中に響いたとき、店内に残っていたのは、ほんの数人だった……。


「先生、大丈夫？」

ナナが明美を抱き起す。

「ええ……。足を踏まれて……」

明美は、逃げようとした誰かに後ろから突き飛ばされ、うつ伏せになったところを、思い切り踏まれた。特に左足がひどくはれていた。骨折しているかもしれない。

「ナナちゃん！　どうして逃げなかったの！」

「だって、先生があのままじゃ殺されちゃうと思って」

ナナは明美に覆いかぶさるようにして、かばったのだ。

「――畜生！」

銃を手に、上野はカウンターから下りた。

こんなはずじゃなかった！　外に知られない内に、さっさと現金をかっさらって逃げるつもりだった。

それなのに……。

「おい！　そのドアを閉めろ！」

と言われて、よろけながら立ち上ったのは支店長の山口だった。

「早くしろ！」

「分った……。分ったよ」

山口は通用口のドアを閉めた。

「後、残ってるのは誰だ！」

「はい」

児玉が手を上げた。

「そっちへ行け！」

明美は、カウンターにつかまって立つと、

「お願いです、お客様とけがした者だけは外へ出させて下さい」

と言った。

「何だと？」

「お金なら出します。お客様を出してさし上げて下さい」

床で、血まみれになった行員が呻《うめ》いている。

上野は、血を見るのがいやだった。病院へ行くのも嫌いだ。

「よし、そいつを連れて一人出ろ」

「ありがとう。お客様――」

中年の男が一人、長椅子に元の通りに座っていた。

だが、そのとき、支店長の山口が、傷ついた行員へ駆け寄ると、

「俺が連れて行く！」

と、抱き上げて、「しっかりしろ！　すぐ手当てしてやるぞ！」

と言いながら、通用口の方へと急ぐ。

「おい児玉！　開けろ！」

「はあ……」

児玉が言われた通りにすると、山口はけが人と一緒にさっさと出て行ってしまった。

「閉めろ」

と、上野が言った。

明美は息をついて、

「ひどい！――支店長ったら！」

上野が笑った。

「いい上役を持って幸せだな」

「ナナちゃん……。ごめんね」

「私は先生と一緒」

と、ナナは言って、「安田さん……。私を放って逃げた！」

「人間なんて、信じられないよ。金さ。みんな金のことしか考えてないんだ」

上野は児玉へ、「お前は行員か」

「そうです」

「金を出して来い」

「は、はい！」

「児玉さん。——机の現金を。それでも大分あるわ。手さげの袋に入れて」

明美に言われて、児玉はあわてて窓口や机の上の現金を集めて回った。

「——二千万くらいはあるはずです。それを持って行って。奥のお金まで持って行こうとしたら、警察が来ます」

明美の言葉に、上野は感心した。

「お前は嘘をつかないようだな。よし、持って来い！」

児玉が手さげ袋を持って来る。

そのとき、店の表で、

「犯人に告げる！」

と、大きな声がした。「銀行は包囲した！　銃を捨てて出て来い！」

明美は啞然《あぜん》とした。

人質がいるのに！

「うまくいかないもんだな」

と、上野は言った。

ナナが明美の手を固く握りしめた……。

4

「旨《うま》かった！」

——上野は心底からそう言って、息をついた。

井上明美は相楽ナナへ小声で、

「お茶をいれましょうか、って訊《き》くのよ」

と言った。「あなたの得意な笑顔でね」

「でも……笑う気になれない」

「そこをやるの！　さあ」

ナナは明美に背中を押されて渋々立ち上ると、散弾銃を膝《ひざ》にのせてソファに座っている上野の方へおずおずと近付いて、

「あの……お茶、いれましょうか？」

上野は目をパチクリさせて、

「あんたがいれてくれるのかい？」

「あの……私じゃおいやですか？」

「いや、とんでもない！　じゃ、いただくよ」

「すぐにいれます」

ナナは、左足を痛めて椅子に腰をおろしている明美へ、「先生、お茶って、どこ？」

「そこのドアを出て、廊下を行くと給湯室があるわ」

「分った」

と、ナナが行きかけると、

「待て！」

と、上野が散弾銃を取り上げて、「お茶をいれるとか言って、裏口から逃げるんじゃないのか？」

「私、先生を置いて、逃げませんよ」

と、ナナがムッとした様子で言った。

「先生か。――よし。もしお前が戻らなかったら、この『先生』を、可哀そうだが撃ち殺すぞ」

「はいはい、すぐ戻るわ」

と、ナナがドアを開けて出て行く。

上野は、何となく「凶悪犯めいた」口をきいて照れているようで、

「TVで見るより、小柄だな」

などと呑気《のんき》なことを言った。

そして、明美の方へ、

「ありがとう。旨かったぜ」

と言った。

――N銀行K支店に押し入った強盗、上野は、人質四人と共に、警官の囲む支店内に立てこもっている。

上野が苛立《いらだ》っているのを、

「お腹が空いているせい」

と見抜いた明美は、今日持って来たお弁当が、暇がなくて手つかずだったのを思い出し、上野に提供したのだ。

「恐れ入ります」

と、明美は言った。

「悪かったな。あんたの弁当を、きれいさっぱり空にしちまったぜ」

「そんなことはいいんです」

と、明美は穏やかに言った。

怒らせてはいけない。――きっと、何でもなければ人のいい、普通の男なのだろう。

しかし、あの行員の足を撃って、ひどい傷を負わせている。

「――はい、どうぞ」

ナナが戻って来て、上野へお茶を差し出した。

「ありがとう。すまないね」

上野という名は、男が「自己紹介」をしたので、四人の人質はみんな知っている。自己紹介する強盗というのも変っているが、実際、今こうしておいしそうにお茶をすすったりしているところは、およそ強盗らしくない。

「――先生、痛む？」

ナナが明美のそばへ戻って言った。

「少しね……」

少しどころではない。たぶん骨が折れているのだろう、はれ上って焼けるように痛い。

「さて、参ったな」

と、上野は言った。「金が手に入っても、一歩も出られないんじゃ」

児玉が、気楽な調子で、

「降参したら？　今ならそう手荒なこともしないよ、警察も」

と言った。

とたんに上野の顔つきが変った。顔を紅潮させて、

「降参しろだと？　ふざけるな！　俺が失業者だからって、何も能がないと思ってるん

だな？」

児玉はあわてて、

「いえ、そんなつもりじゃ……」

と、青くなっている。

「分ってる！　お前は銀行員で、エリートのつもりなんだ！　俺みたいに職のない人間はどうせ何もできないと見下してやがるんだ、そうだろう！」

「違います！　すみません！　失礼なことを言って――」

児玉は、上野の手にした散弾銃の銃口が自分の方を向くのを見て、床へペタリと尻《しり》もちをついてしまった。

「いいか！　俺は二十年以上も会社のために尽くして来たんだ！　それを、会社はハナ紙同然にポイと捨てやがった！」

上野は自分の言葉に興奮するように、声を高くしていった。「お前もだ！　俺のことをただの強盗だと思って馬鹿にしやがって！」

「そんなこと――。決してそんなこと――」

「うるせえ！　ぶっ殺してやる！」

上野が銃を構えた。

ナナは思わず目をつぶった。――次の瞬間には、あの可哀そうな銀行員が血だらけになって倒れているだろう。

でも、そのとき、

「本当に救い難い馬鹿ね」

という声が――いやに落ちついた、冷ややかな声がしたのである。

上野が急に冷めたように、

「――誰だ？」

と、顔を向けた。「今、何か言ったのは、誰だ？」

「私よ」

「先生！」

ナナが目を丸くした。いや、今のが女の声で、しかもここには女は二人しかいないのだから、ナナ自身が言わない以上、言ったのが明美なのははっきりしていた。

「私が言ったの。それも『何か』言ったんじゃなくて、『救い難い馬鹿だ』って言ったのよ」

まるで別人かと思える、冷笑するような口調である。

上野は、銃口を明美の方へ向けた。

「俺のことか、それは？」

「他に誰がいる？」

「なるほど」

と、上野は唇の端を引きつらせて、「殺されたいんだな？」

「やめて、お願い！」

と、ナナが明美の前に立つ。「先生を殺さないで！」

「ナナちゃん、どいて」

と、明美は言った。「どうせ私たちはこの馬鹿に殺されるのよ。それなら言いたいこと言った方がいいわ」

「先生――」

「そんなことでカッとなって銃を振り回したりして！　クビになっても当り前よ。自分が抑えられない人間なんて、会社にとっちゃ厄介者。自分じゃせっせと働いてたつもりかもしれないけど、会社にしてみりゃ、これだけ長いこと置いてやっただけでもありがたいと思ってくれってところでしょうね」

はっきりした口調で言うと、「きっと、一つ何かしくじると、いつまでもくよくよ考えて、挙句に、『俺は何て運の悪い男なんだ』って、自分を憐《あわ》れむ。そのくり返しでしょ」

と笑った。

「大きなお世話だ！」

当っていたのだろう、上野は怒りで顎《あご》を震わせていた。

「大きなお世話？　よく言うわね。自分一人じゃ怖くて死ねないから、私たちを道連れにしようっていうんでしょ。こっちはいい迷惑よ！」

「貴様……。まだ言いたいことがあったら、今の内だぞ」

「あんたは結局、何をやっても負け犬だってことよ。こんな強盗をして、一生刑務所で過すのね」

「やかましい！」

「少しでも頭の使い方を心得てる男なら、どうやったら今の最悪の状況をプラスへ持っていけるかって考えるものよ」

と、明美は言った。「――ま、あんたには無理だろうけどね」

明美は、「あんたには」という言葉に、わずかに力を入れた。

「――じゃ、お前ならどうにかできるとでも言うのか」

明美は、棚の方へ向いて、

「あの赤い扉のついた箱が見える？　壁に取り付けてある」

「当り前だ」

「あれを撃って」

「何だと？」

「撃つのよ。――人殺しするわけじゃないんだから、簡単でしょ？」

上野は当惑顔で、それでも銃口を明美の言った、スチール扉のついた、三十センチ角ほどの箱へ向け、引金を引いた。

銃声が耳を打ち、赤い扉がふっとんで、中の細々とした配線がズタズタに切れた。

「――結構」

と、明美は言った。

「ありゃ何だ？」

「防犯用のカメラとマイクのパネル。ここで話しても、全部記録が残っちゃうんじゃ、何にもならないでしょ」

そのとき、銀行の電話が鳴った。

「私が出ます。――もしもし。――はい、銃声ですけど、今のは暴発で、けが人などはありません。――はい、大丈夫です」

明美が落ちついた口調で答える。「――はい、信じてます。待っていますわ」

受話器を置く。

「先生。今のは誰から？」

「支店長よ。警察が必ず助け出してくれるから、辛抱してろ、って。自分はお客を放っといてさっさと逃げ出したくせに、よく言うわよ」

明美は息をついて、「――さて、それじゃ話し合いを始めましょ」

「何の話し合いだ？」

と、上野がふしぎそうに訊《き》く。

「決ってるじゃないの。ここにいるみんなが幸せになれる結末を迎えるための話し合いよ」

と、明美は言った。

5

「この支店の中には、今人気絶頂のアイドル、相楽ナナちゃんが犯人と共に残っているという未確認情報もあります！」

マイクを握ったリポーターが、上ずった声を上げている。「中ではどんな光景がくり広げられているのでしょうか？　少なくとも行員二人が中に残っていることは事実のようです」

——N銀行の近くには、事件を聞きつけてマスコミの車、TVの中継車などが次々に押しかけていた。

ただでさえ道の狭い商店街、警察にマスコミに野次馬が入り乱れて、ごった返している。

安田は、K支店の近くから離れられずにいた。——何と言ってもマネージャーだ。ナナが中にいるのに、遠くへは行けない。

いや——本当なら、ナナを逃がして自分が残るべきだった。

でも、足を撃たれた行員が、血のふき出す足を抱えて、床を叫び声を上げながら転げ回るのを見て、考えるより早く、足が動いてしまったのだ。

「参ったな……」

と、安田は呟《つぶや》いた。

「もっと参らせてやろうか」

と、背後で、一番聞きたくない声が聞こえた。

安田は今のが空耳でありますように、と(そんなはずはないが)祈りながら、ゆっくりと振り向いた。

「――俺の顔を忘れたか?」

まさか、社長の顔を忘れるわけがない。

「いいえ」

と、安田は馬鹿正直に答えた。

「そうか」

「でも、どうしてここへ?」

ナナの所属しているプロダクションの社長、黒井は、大柄でがっしりした男である。言うことを聞かないと、大事な「商品」でもひっぱたくことがあり、小柄な女の子など、二、三メートルもふっ飛ぶという。

「事務所にいられると思うか」

と、黒井は言った。「方々から、ナナが人質になっているのは本当か、と訊いてくる。しかし、返事をしようにもできん。何しろ、ぴったりくっついているはずのマネージャ

——が、こうしてコソコソ隠れてるんだからな」

安田は汗をかいていた。拳《こぶし》の一つぐらいは飛んで来るのを覚悟しなくてはならない。

「どうなんだ」

「は……」

「本当にナナは中にいるのか」

「——そのようです」

「『ようです』ってのは、どういうことだ」

「中にいます！」

と、あわてて言い直す。

「TVの奴に見られるとまずい。こっちへ来い」

安田がついて行くと、少し離れた道端に、黒井の大きなベンツが停っていた。

「中へ入れ」

車の中へ入って、ドアを閉めると、

「それで？」

と、黒井は言った。

「大勢が一斉に逃げたんです。僕はてっきりナナが先に出たと思い……」

「詳しく話せ」

安田は、渋滞で遅れたことから、銀行内での出来事まで、知っている限りのことを話

した。もっとも、できるだけ「自分の責任」になりそうなところは簡略化して、

「銀行の女性行員が、勝手にナナを連れてったんです」

といった点を強調した。

黒井は、しかし安田の心配をよそに、そう不機嫌でもなかった。

「――すると、確かにナナは中にいるんだな？」

「ええ……。覗《のぞ》いたわけじゃありませんが」

「他に犯人と……」

「その、ナナの家庭教師だったって女も残ってるようです。他にも一人か二人……」

「そうか」

黒井は肯《うなず》いて、「犯人は銃を持ってるんだな」

「ええ。ナナなんか、どうしても目立ちますから……。ひどい目にあってなきゃいいんですが」

黒井は安田をじっと見つめて、

「責任を感じてるか」

「ええ……。マネージャーとしては……」

「当然、身を挺《てい》してナナを救うべきだったな」

「そうですが……」

「今からでも遅くない」

「——は？」

「ナナと入れ替ったらどうだ？　犯人に『自分がナナの替りに人質になる』と言って」

安田の顔から血の気がひいた。

「社長……」

「ま、警察が許してくれまいな」

「そうですね、きっと」

と、安田は少しホッとした。

「しかしな、安田。マネージャーとしての義務を放棄した以上、クビは覚悟してもらうぞ」

「社長！——でも、これは不可抗力です」

「そういう言葉だけはよく知ってるな」

と、黒井は笑った。「クビがいやなら、何とかして、あの中へ入れ」

「中へ入って……どうするんです？」

「ナナと替ると言って、隙を見て犯人を取り押えろ」

「社長……。TVドラマじゃないんですから、そんなにうまく行きませんよ」

「うん。しくじって、犯人は怒り狂い、ナナを射殺する。そういう風に持っていくんだ」

安田はますますわけが分らなくて、唖然《あぜん》としているばかりだった……。

6

「今、この支店には五千万以上の現金があるわ」

と、井上明美が言った。「五千万として、ここにいるのは五人。――一人一千万ずつになる」

ナナは呆気《あっけ》に取られていた。

「先生！　何の話？」

「あなた、一千万円、欲しくない？」

「そりゃあ……お金は欲しいけど」

「児玉さんは？　一千万あれば、ギャンブルの借金、返せるでしょ」

児玉が目を丸くして、

「どうしてそれを――」

「電話に出たことがあるの。あなたあての、ヤクザからとしか思えない催促の電話」

「参ったな！」

児玉が頭を抱える。

「お客様……。お名前は？」

と、明美が声をかけると、じっと座っていた客が、

「長谷です。長谷勉」

「あ、そうでしたね。お嬢ちゃんをこの間、亡くされた……」

「そうです。よく知ってますね」

と、長谷はびっくりしている。

「私がお花の手配をしました。――まだお小さかったのに。このお店に、連れてみえたことがありましたね」

「ええ。待っていて退屈してしまい、駆け回っていました」

「本当にお気の毒でした」

「ありがとう」

と、長谷は言った。「しかし、その一千万ずつというのは、どういうことです？」

「単純です。今なら、お金を私どものものにしてもばれずに済む」

「どうやって？」

「火を出すんです」

と、明美は言った。

「火？　火事のことですか」

「ええ。書類は沢山あるし、勢いよく燃えます」

「それで……」

「五千万円が、燃えてしまったことにするんです」

と、明美は言って、「火事になれば大混乱になって、あなたも逃げられるわ」

と、上野の方を見る。

「一人一千万か……」

「ないよりましでしょ？　このままじゃ、いずれ捕まってしまうわ」

上野は探るように明美を見て、

「どうしてそんなことを——」

「あなたと心中するより、お金を手にした方がいいから」

明美はアッサリと言って、「早く決心して。私、足の痛みが段々ひどくなるの」

上野は、どうせ失うものはない、と思ったのか、

「よし。そううまく行くかどうか、やってみよう」

と、開き直った。「まずどうする？」

「児玉さん。ありったけの現金を出して来て、机の上に」

「分った」

児玉は奥の金庫室へと入って行った。

「先生……。本気？」

と、ナナがそっと訊《き》く。

「私もね、こつこつ働いてるのがいやになったの。——どうせ、辞めさせられたかもしれないし」

「どうして？」

明美は肩をすくめて、

「あの支店長とね、お付合してたの」

ナナが目を丸くして、

「それって——不倫？」

「てっとり早く言えばね」

明美は、札束を抱えて来る児玉を見て、「ナナちゃん、手伝ってやって」

「はい」

ナナは児玉と一緒に奥へ入ると、「先生、こんなこと、する人じゃないわ」

と小声で言った。

「僕もびっくりした」

「きっと何か考えがあるのよ。——きっとそうよ」

ナナは、両手に札束を持って、「悪い気分じゃないわね」

と言った。


「——ナナを、殺すんですか」

安田が愕然《がくぜん》としている。

「殺すのは、あくまで今銃を持って立てこもってる犯人さ。——いいな？」

「でも社長……」

「どうしてか、聞きたいか」

「ええ」

「うちの事務所は倒産寸前だ」

車の中で、黒井は言った。「あと数日で、七、八千万の金ができないと、確実につぶれる」

「知りませんでした」

「ま、下手に株や投資に手を出して損が重なったんだ」

「でも、そのこととナナのことは……」

「ナナには保険がかかってる。受け取り人は事務所。それにな、こんな状況で命を落としてみろ、ナナは永遠のアイドルだ」

黒井はニヤリと笑って、「追悼盤CDや写真集、ビデオ……。当分、商売ができる」

安田は唖然として、

「ナナは生きてるんですよ！」

「生きて助かれば、まあそれも結構。しかし、死んでくれた方が、うちは助かるんだ。——いいな。何とかして中へ潜り込め」

安田は青ざめた顔で、思いもよらない展開に言葉もなかった……。

一千万円……。

大した量じゃないな、と長谷は思った。

机の上に積まれた札束は、明美の想像していたよりも多く、八千万近くあった。

「——他の机の上に、何でもいいから書類を同じように山積みするのよ」

と、明美は言った。「完全に燃えて、しかもスプリンクラーの水を浴びたら、何だか分らなくなるわ。私たちが『犯人は札束を積ませて火をつけたんです』と証言すれば——」

「俺はどうなるんだ」

と、上野が言った。

「火が出たら、私たちが大騒ぎするわ。ナナちゃんがあの出入口の所で悲鳴を上げたら、マスコミが殺到して大混乱になる。逃げられるわよ」

と、明美は言って、「そうね。児玉さんと服を交換すればいいわ」

「なるほど」

「銃をつきつけられて仕方なかった、と言えばいいんだもの。——ね、児玉さん？」

「分ったよ」

「じゃ、急ぎましょ」

「待てよ。肝心の金はどうするんだ？　ポケットへ突っ込んで逃げるにゃかさばるぜ」

「ごめんなさい。言い忘れてた。私、ここの貸金庫を一つ持ってるの。その中へしまっておくのよ。分けるのは後。それでいかが？」

「本当に分けるんだろうな？」

「そんなこと言ってる暇があったら、早く書類を積んで」

と、明美は言った。

――長谷は、思いがけない成り行きに、恐怖心を忘れていた。

「パパ……」

と声がした。

振り向くと、恵美が立っていた。

「恵美。――どうしたんだ？」

と、長谷は微笑みかけた。

「パパと遊びたくて」

「そうか。ゆっくり遊んでやれなかったものな。これからは、ちゃんと早く帰る」

「ね、パパ」

「何だ？」

「悪いことしちゃいけないよ」

と、恵美が言った。「恵美、ちゃんと見てるよ」

長谷は、いるはずのない我が子をじっと見つめた。

「でもな、恵美。パパはもうどうでもいいんだ。お前がいなくなって、パパは自分のことなんかどうでもよくなった」

「パパ。だめだよ。ママが悲しむよ」

と、恵美は言った。「ママにはパパしかいないんだよ」

長谷は胸をつかれた。

自分一人の涙に溺《おぼ》れていたことが、急に恥ずかしくなった。

「恵美……」

恵美の姿は消えていた。

「――早くして！」

明美の声が、店内に響き渡った。

7

「これでいいかな？」

と、児玉が汗を拭《ふ》いた。

「そうね」

と、井上明美は椅子にかけたまま、児玉が机の上に積み上げた書類の山を見て、「燃え残りそうなアート紙とかは避けてね。完全に灰になるようでないと」

「うん、気を付けたよ」

「じゃ、火をつけて。——待って。その前に、肝心のお金を金庫にしまわなきゃ」

と、明美は言った。「児玉さん、貸金庫室の扉を開けるカードを出して」

「ああ、分った」

「ナナちゃん」

と、明美はアイドルへ呼びかけた。

「私、自分でしまいたいけど、足が痛んでお金を運べないの。児玉さんを手伝って、お金を貸金庫へ入れてくれる？」

「はい」

ナナは、内心すっきりしないまま、それでも明美に言われる通り、札束を手さげの袋へ落とし込んだ。

「——足音だ」

と、上野が散弾銃を持ち直して、「下手な真似したら、ぶっ殺してやる」

明美は、一瞬、青ざめた。

せっかくうまく行っているのに、ここで警察が踏み込んで来たりしたら……。

「——気のせいか」

と、上野は言った。

気のせいではない。明美も、下りたシャッターのすぐ向うに、足音を聞いていた。

しかし、中へ突入しようとしても、シャッターが上るのには時間がかかる。

何とか、早まったことはしないでほしい。

明美が、貸金庫の鍵《かぎ》をナナへ渡した。

「急いでね、こっちのことはいいから」

「はい」

ナナと児玉は貸金庫室へと入って行く。

——明美は、足の痛みをこらえることで、却《かえ》って恐怖は薄れていた。

それにしても、この上野という男、肝心のお金を貸金庫へしまわれて、もう手の届かない所へ行ってしまうのだということが分っていない。

早く早く……。

明美は痛みをこらえて、じっと唇をかみしめていた……。

「しかし、面白いもんだなあ」

と、上野が明美に向って言った。「あんたがこんなことをやるなんて、思ってもみなかったよ」

「人間、誰だって、お金は欲しいですよ」

と、明美は言った。「でも、上野さんは偉いわ。みんなで公平に分けるのに文句もつけないで。普通は、少しでも自分に多く、と思いますよ」

「俺は、特別にぜいたくがしたいわけじゃないんだ。ただ、普通に食べていけりゃいいだけなんだ」

「今は、本当に不公平な時代ですものね」

「そうだよ。不公平なんだ！　俺が一番怒ってるのも、そこなんだ」

「よく分ります。あなたがこうやって銀行強盗をやったことに、たいていの人は拍手していますよ」

「そうだといいけどな」

と、上野は少し照れて、嬉《うれ》しそうにしている。

明美は、こういう男にとって、「自分がヒーローだ」と思えるようにしてやるのが一番だと直感したのである。

実際には「ヒーロー」などとはとんでもない話である。何の罪もない行員を撃って重傷を負わせているし、今、明美が足の痛みに脂汗を浮かべながら耐えていることにも全く気付かない。

自分が見たいものだけを見て、忘れたいことはさっさと忘れてしまう。そういう我ままな子供のような男なのだ。

——ナナと児玉が戻って来た。

「終った？」

と、明美が訊《き》く。

「ええ、全部しまいました」

と、ナナが言うと、明美は安堵《あんど》した。

上野が、少しでも明美の言葉を怪しいと疑い出したら危なかった。これで、この支店内の現金には手をつけられないのだ。

「じゃ、児玉さん、書類に火を」

炎が上れば、感知器が作動して警報が鳴り、スプリンクラーが水を降らせる。

そうなれば、警官が踏み込んで来るだろうし、上野もどうしていいか分らず、うろたえるだろう。

正直、万が一、上野に逃げられてもいいと明美は思っていた。

大切なのは、ここにいる人質四人が無事に解放されることなのだ。上野を逮捕するのは後でもいい。

それは、明美たちの仕事ではない。

「じゃ、やるか」

児玉がライターを取り出すと、書類の山から一枚を抜き、ねじってその端に火をつける。

炎が上ると、それを積み上げた書類の山の一番下へ差し込んだ。――少しの間、火は消えてしまったかのようで、白い煙が立ちのぼっていたが、やがてメラメラと成長した炎が、その書類の山を包み始めた。

「――こいつはいい！」

上野が、火を見て興奮している。「もっと燃えろ！　もっと派手に！　おい、そっちの方にも火をつけろ！」

上野は児玉に指図した。

「その端の方だ。——そうだ！　どんどん燃えるぞ！」

上野の目は異様なほど輝いていた。


こんなことがあっていいのか？

——長谷勉は、火をつけられて、書類が燃え上るのを、呆然《ぼうぜん》として眺めていた。

この人間たちは、みんなで銀行の金を盗もうとしているんだ！

あの真面目な銀行員と思っていた女性が、とんでもないことを言い出したときは半信半疑だった。

でも、本当に火をつけた。

こんなことがあっていいのか？

「——パパ」

恵美が悲しげに立っていた。

「恵美、お前……」

「パパ、戦うんだよ。悪い奴らとは戦って。そうでなきゃ、パパを嫌いになるよ」

——恵美。

そうだ。「間違い」は一度きりでいい。二度くり返したら、恵美の死がむだになる。

分った。——分ったよ、恵美。

パパは今、自分のするべきことが分った。

もちろん、それは危険を伴うことだが、だからといって、何を恐れる必要があるだろう？

たとえそれで死んだとしても、恵美の所へ行くだけのことじゃないか。そんなに楽しいことがあるだろうか？

炎が大きく立ち上った。机の上に、まるで巨人のようにそびえ立った。炎の先端は、天井を焦がさんばかりに伸び上っている。

「もっと燃えろ！」

と、上野が大声で怒鳴る。「おい！　もっと紙を足せ！」

逆らったら怖い。——児玉は言われるままに、その辺の書類をかき集めて火の中へ投げ込んだ。

——どうして？

明美は勢いよく上る炎を見て、不安になった。——どうして火災感知器が作動しないの？

火が天井まで届こうとしているのに、警報も鳴らず、スプリンクラーも作動しない。

このままじゃ、どんどん燃え広がってしまう！

外から、警察官が踏み込んで来ないかと明美は正面のシャッターを見た。

今なら、上野は燃え上る炎にすっかり見とれている。シャッターが上り始めても気付かないだろう。

しかし、明美の足では、シャッターを上げるスイッチまでとても行き着けない。

児玉は上野に言われて、せっせと書類を炎の中へ投げ込んでいる。動ける二人、ナナと客の長谷は、シャッターを開閉するスイッチがどこにあるか知らないのだ。

ナナが、火の勢いに怯《おび》えて後ずさって来た。

「先生！　怖い！」

「ナナちゃん……」

明美がナナの腕を取った。

「このままじゃ、焼け死ぬわ」

と、ナナは泣き出しそうにしている。

「ナナちゃん、私を立たせて」

と、明美は小声で言った。

「先生――」

「今ならシャッターを開けられるわ」

明美はナナの腕につかまって、苦痛をこらえながら立ち上った。

「歩ける？」

「肩につかまらせて……。あのシャッターの方へ……」

と何歩か行きかけたとき、

「——おい、どこへ行くんだ？」

明美とナナは凍りついた。明美が振り返ると、上野が銃口を真直ぐに自分へ向けているのが目に入った。

8

「逃げるつもりだったな？」

上野は銃を構えて、明美とナナの方へ近付いて来た。

「ナナちゃん、離れて！」

「先生——」

「私から離れて」

「いやよ！」

「一緒に撃たれるわよ」

「先生を見捨てるなんて——」

「向うへ行って！」

明美は、力をこめてナナを突き飛ばした。ナナが離れると、明美はとても立っていられず、床へ倒れ込んだ。

「俺を馬鹿にしやがって!」

と、上野は言った。「俺を騙《だま》したつもりか? ふざけるな!」

銃口が明美を狙う。——床に座り、明美は目の前に銃口が迫って来るのを見て、

「お金は私の貸金庫の中よ」

と言った。「私を殺せば、手に入らないわよ」

「また開けさせるさ。お前なしで開けて金を入れたんだ。そうだろ?」

そう言われてしまうと、明美も諦《あきら》めるしかなかった。

「他の人を逃がして」

と、明美は言った。「このままじゃ、火事になるわ」

「俺は一向に構わないぜ。どうせ死ぬ身だ」

上野が引金に指をかける。——明美は固く目を閉じた。

撃たれる!

そのとき、

「火が消えそうですよ」

という声に、上野は振り返った。

目を開けた明美は、長谷が火のついた書類の束を、上野の顔へ叩《たた》きつけるのを見て、目をみはった。

上野は低く呻《うめ》いて、銃を取り落とすと、両手で顔を覆ってしゃがみ込んでしまった。

長谷が銃を拾い上げる。

――明美もナナも、唖然《あぜん》として、この思いがけない成り行きを見守っていた。

「長谷さん……」

明美はやっと口を開いた。「良かった！　助かりました」

「先生！」

ナナが駆け寄って、明美を抱き起す。

「畜生……」

上野が呻きながら、床に這《は》った。「やりやがったな！」

明美は、

「児玉さん！　早くシャッターを開けて！」

と叫んだ。「早く火を消さないと」

「分った！」

児玉もやっと我に返って、シャッターを開けに行く。

これで助かった！――明美はナナの肩につかまって、立ち上った。

そのときだった。

銃声が店内に響き渡ったのだ。

――何が起ったのか、一瞬、明美にも分らなかった。

「長谷さん……」

明美は、床にぐったりと倒れて動かなくなった上野から、血だまりが広がって行くのを見て息をのんだ。

長谷の手にした銃の銃口から、うっすらと煙が立ちのぼっている。

「死んだの？」

と、ナナが青ざめている。

「たぶんね……」

明美は長谷を見て、「長谷さん。もう終ったんですから、銃を置いて下さい」

と言った。

長谷が明美を見る。

「終った？」

「ええ、犯人は死んだし……」

明美は、長谷の目に、どこか違うものを見たような気がした。

「終ってなんかいないよ」

と、長谷は言って、銃口を、シャッターを開けようとしていた児玉へ向けた。

「どうしたんですか！　児玉さん、隠れて！」

と、明美が叫んだ。

銃が発射された。児玉からそれて、ガラス戸を砕き、その向うのシャッターを傷だらけにする。

児玉は腰が抜けて、座り込んだまま動けなくなった。

「しっかりして下さい！」

と、明美は言った。「私たちは強盗じゃありませんよ。長谷さん、お願いですから、銃を下ろして下さい」

長谷が笑った。

明美が見たことのない笑いだった。まるで別人のようだ。

「ごまかそうたって、そうはいかない」

と、長谷は言った。「君らの話を、ちゃんと聞いていたよ。八千万円を分けようって相談をね。——僕は許さない。そうとも、僕が正義を守るんだ」

「そんな……」

ナナが啞然として、「あんなの、でたらめに決ってるじゃないですか！　その人にお金を持って行かせないために、先生が懸命に考えた話なんですよ」

「困ったもんだね」

と、長谷は首を振って、「今さら言い逃れしようとしてもむだだよ」

「長谷さん」

明美はカウンターにもたれて立つと、「信じて下さい。何とか時間を稼ごうとして、苦しまぎれに言ったことですわ」

長谷は、腰を抜かしている児玉の方へ、

「戻れ」

と命じた。「——早くしろ！」

「は、はい……。今、戻りますから、撃たないで」

児玉は、床を這って戻って来る。

「——お願いです。銃を下ろして！」

と、明美が言った。

「下ろすとも」

と、長谷は言った。「やるべきことが済んだらね」

「先生——」

ナナは、思いもかけない新しい恐怖に、思わず明美にすがりつく。

「ナナちゃん……。お願いします、長谷さん。この子は出してやって下さい」

「可愛い顔をしてるからかい？　可愛いといったって、うちの恵美に比べたら……。あの子は天使だった！」

長谷はうっとりと言った。

「——パパ」

長谷は恵美が立っているのを見た。

「恵美。どうだ？　パパは立派にやってのけたぞ」

「カッコイイよ、パパ。でも、ぐずぐずしてたら、人が来るよ。早く、やっちゃって」

「うん。分ってる。分ってるとも」

長谷が、固まっている三人の方へ向き直る。

そのとき、電話が鳴り出した。

「――電話に出させて下さい」

と、明美が言った。「出ないと、警察が突入して来ます」

「よし、出ろ」

明美は、ナナに支えられながら、鳴っている電話に辿《たど》り着くと、椅子に腰をおろして受話器を取った。

「――はい」

「井上君か？　どうした？　銃声がしたぞ」

支店長の山口である。

「ええ……。いえ、大丈夫です。生きてます。――今は」

と、付け加える。

「そうか。必ず救い出すから、諦《あきら》めるな」

「よろしく……」

明美は、受話器を戻した。

「先生……。どうなるの？」

ナナが泣きべそをかいている。

「ごめんね、ナナちゃん。でも、どうしてあげることもできない」

と、ナナの手を固く握る。

「――いい加減にしろ！」

突然、児玉が切れた。

そして、児玉が長谷に向って飛びかかって行ったのである。

「児玉さん――」

と、明美が呼んだとき、銃が火を吹いて、児玉が脇腹を押えて床に転がる。

「痛い！――助けてくれ！」

「やめて！　もうやめて！」

ナナが両手で耳をふさいだ。

そのとき、火災感知器がやっと鳴り響いた。そして、スプリンクラーが一斉に霧のように水を降らし始めたのだ。

燃えていた書類が水を浴びて、白煙を上げる。――水と煙で、ほとんど視界が真白になってしまった。

明美は、無事な方の足で机をけって、キャスターのついた椅子ごと退《さ》がった。

「ナナちゃん、逃げて！」

と叫ぶと、明美は白煙の中、水を浴びて目をこすっている長谷へ椅子ごとぶつかって行った。

「先生！」

「逃げるのよ！」

明美は、長谷の手にした銃をつかむと、夢中でしがみついた。

「離せ！」

と、長谷が喚《わめ》く。

「死んでも離すもんですか！」

明美は長谷の手にかみついた。長谷が悲鳴を上げる。

そのとき、足音がして、警官が店内へ飛び込んで来た。

長谷が引金を引いて、銃が発射される。

次いで、店内に何発もの銃声が響き渡った。

甲高い叫び声――ナナの悲鳴が、途切れることなく続いた。

スプリンクラーの水は降り注ぎ、床は池のようにたまった水が波打っていた……。

9

「不幸な、偶発的事故でした」

と、山口支店長はＴＶカメラに向って、沈痛な表情で語った。

「井上さんはどんな方でした？」

と、リポーターが訊《き》く。

「井上明美君は……大変優秀な銀行員でした……」

山口は言葉を詰らせた。「ちょっと――失礼します」

ハンカチを取り出して目を拭《ぬぐ》う。

「――呆《あき》れたもんね」

という声に、ナナは目を開けた。

「先生……」

「涙なんか出てもいないのに」

と、明美がTVを見て苦笑する。

ナナは、病室のTVをベッドから見ていて、ウトウトしたのだった。

「先生……。私一人、けがもしないで……」

と、ナナは涙ぐんだ。

「良かったじゃないの。大勢のファンが悲しむわ、あなたが死んだら」

「でも……」

「元気を出して。あんな怖い思いしたんだもの。しばらく安静にしてね。分った？」

「ええ。ありがとう、先生」

「私に申しわけないなんて思うことないのよ。先生は可愛い教え子を守れただけで満足だわ。たとえ家庭教師でもね」

「先生……」

「泣かないで。——もう、折れた足も痛くないし、これからは働かなくてもいいしね」

と、明美は笑って、「怠け者の私にはぴったりかも」

「先生、手を……」

と、ナナが差しのべた手を見て、

「残念だけど、それだけはしてあげられないわ」

と、明美が言った。「じゃあ……ナナちゃん、元気でね」

フッと——「先生」の姿は消えた。

「先生……」

と、ナナが呟《つぶや》く。

——明美は、長谷の銃にしがみついていた。その銃が発射されたとき、支店の中へ警官が飛び込んで来たのだ。

しかし、スプリンクラーから降る霧のような水の幕と、白煙の中、長谷にしがみついている明美の姿は見分けられなかった。

警官は「発砲した人物」へと拳銃《けんじゅう》を向けて引金を引いた。

銃弾は、明美の背中に当り、心臓を貫いた。——長谷も負傷はしたが、明美にかばってもらった格好になって、命拾いしたのである。

上野は死に、児玉は重傷。そして、ナナ一人は、けが一つせず助かった。

「──おい、どうだ？」

オフィスの社長、黒井が入って来た。

「社長さん……」

「まだ青い顔してるな。──ゆっくり休め」

と、黒井はナナの額に手を当てた。

「私……先生に申しわけなくて……」

「ああ、気の毒だったな。しかし、お前が元気になって、早く仕事をするのが、恩返しだ」

「はい……」

と、ナナは肯《うなず》いて、「安田さんは？」

「うん、あいつはな……」

と、黒井が口ごもる。

「クビにしないで。逃げたのはひどいけど、でもあんなときは、やっぱり自分の命が大切だもの」

「それを聞いたら喜んだろうな」

と、黒井は言った。「安田は──自殺したよ」

「え？」

「責任を感じてたんだな。あの騒ぎの後、あの近くのビルの屋上から飛び下りた」

「──可哀そう」

と、ナナは呟いた。

「全くな。憎めない奴だった」

と言うと、黒井はハンカチを出して、出てもいない涙を拭った……。


病室の窓から、明るい日が射し込んでくる。

窓には鉄格子がはまっていた。

長谷は、肩や腕の傷を包帯でグルグルに巻かれ、鎮痛剤で少しぼんやりしながら、ベッドに横になっていた。

「パパ……」

という声に目を開けると、恵美が立っている。

「恵美……」

「痛い？」

「いや、大したことはないよ。パパもお前のところへ行こうと思ったんだけどな」

「いいの」

と、恵美が首を振って、「あのお姉ちゃんが来てくれたから」

「あの──勇ましい銀行員か」

「うん」

と、恵美が肯く。「私、遊び相手が欲しかったの」

「遊び相手？」

「あのお姉ちゃんなら、遊んでくれるもん」

長谷は目をしばたたいて、

「じゃあ……あの人は悪い人じゃなかったのか」

「だって、ああ言わないと、パパ、人を殺してくれないもん」

恵美はニッコリ笑って、「じゃあ、早く良くなってね」

と、手を振った。

「恵美――」

長谷は、何もない空間を見た。

そして、つけっ放しのTVへ目をやって、井上明美の死に泣きじゃくっている同僚の女子行員たちの映像を見ると、

「何てことだ……」

と、呻《うめ》くように言った。「何てことだ……」

――長谷が、シーツの布を裂いて紐状《ひもじょう》にし、首を吊《つ》っているのが発見されたのは、その夜のことだった。

解説

安東能明

小説の取材で晩秋のパリにきている。思ったほど寒くはない。まだ、色のついた枯葉が石畳の歩道に落ちている。ホテルについて仮眠をとったあと、クロワッサンとホットチョコレートの遅い朝食をとり、午後から取材にでかけた。パリは三度目になるが地下鉄に乗るたび少し緊張する。視線が心なしかきつい。自分がアジア人であることをいやおうなしに実感させられる瞬間だ。人と会って話を聞き、いくつかの取材ポイントを教わったところでこの日は終わりにした。午後四時過ぎにはもう夕暮れになる。夜の一人歩きはさすがに物騒だ。ホテルに戻り、そのままにしてあった旅装を解いてからベッドに寝転がる。今度の旅に持ってきた本は二冊。アンリ・トロワイヤ著『大帝ピョートル』、それからもう一冊が赤川次郎の『恐怖の報酬』。大帝の方は後回しにすることにして、舌なめずりしながら『恐怖の報酬』を開く。

第一話は「神の救いの手」。小さな会社の庶務課に勤務する24歳の木原昭子が主人公。昭子はささいなミスをおかして、大切な来客のための駐車場を予約しそこねてしまう。腹黒い駐車場の管理人、永井に駐車場を確保したいと頼み込むが、永井は頑として受け入れない。この直後、いくつかの偶然が重なり、昭子はどうにか駐車場を確保することができた。ほっとするのも束の間、その見返りに、ぞっとするような出来事が連続して昭子の身の上に起こる。このあと、ある人物のとんでもない悪計が昭子を待ち受けているのだが、果たしてヒロインは危機を乗り越えられるのか。ここで登場するのが課長の三橋。ただし、昭子直接の課長ではない。三橋は、「君のようないい人を、神様は見捨てないよ」と昭子をなぐさめ、力を貸してくれるのだが、同時に異次元の世界へ昭子を導くきっかけを作る。三橋によって与えられた〝能力〟が最大の読みどころだ。小説のラストにいたって、その〝能力〟を使いこなすようになる昭子の変貌《へんぼう》ぶりに不思議なリアリティがあった。本をおいてベッドに横になりながら、そうだよなあ、きっとそうだよなあ、と感心したものの、そのリアリティの在処《ありか》がどこにあるのか、その晩はとうとうわからずじまいだった。

翌日、教えられた取材ポイントに出かけた。パリの中心からやや北東にずれたところに、サンチエ地区とよばれるモード産業の集積地がある。パリといえばフォーブル・サントノレ通りのような高級ブランド街が有名だし、パリコレで代表されるような有名ブランドの発祥の地でもある。ところが、このサンチエ地区には、そんな華美な印象はない。ひたすらブランド服のコピーを繰り返し、一円でも安く服を作り大量に売りさばくことによって利益をむさぼっているのだ。中でもサンドニ通りはこの地区のへそになる。旗印のように建つクーカイの店を起点にした通りに一歩入ると、もうそこはまったく異空間だ。大小さまざまな洋服専門の卸問屋が軒を連ねている。反物をいくつも抱えたユダヤ系住民が行きかい、けばけばしい服が飾られた店の奥では中国系の若い女たちが忙しげに働いている。辻《つじ》ごとに怪しげな男たちがひそやかな密談を交わし、非住民であるぼくをたちまちのうちに見破る。まだ昼前というのにミニスカート、タンクトップ姿の売春婦が胸元をはだけて三メートルおきに居並び、好奇の視線を投げかけてくる。40メートルに満たない通りを早足で抜ける間、とうとう一枚の写真を撮ることもできなかった。ふりかえることすらためらわれ、目の前を通りかかったバスに飛び乗った。ほっと胸をなでおろし、車窓に目をやった。整然としたパリの街並みがどこかいびつなものに見えた。そのとき、前の晩に読んだ赤川次郎の小説に登場したヒロインのことがふいによみがえった。彼女の立ち入った異界の空間が、それまで以上に生々しく胸の中に満ちてきたのだ。日常をとりまく世界は、一見、退屈で代わりばえがしない。でも、その日常の世界が何かのきっかけでこわれたとき、そこに広がっているのは異界の空間だ。しかも、ぞっとするような冷ややかさで。現実にそうした空間が存在するのをサンチエが示してくれたのかもしれなかった。

毒消しをするような思いでオルセー美術館に駆け込み、ひたすらモネを見、ゴッホの自画像に見入った。少しばかり疲れた。宿に戻ってうたた寝をし、第二話「使い走り」を読みだした。もう止まらなくなった。40度を超す真夏の街が舞台だった。一行目からその暑さを感じた。身につまされた。息子ほども年の離れた課長、寺岡の命令に逆らえず、定年間際の柳井八郎は、毎日、ほとんど意味のない書類を届けるためにだけ片道三時間もかけて工場に出向く。本来ならファックス一本で済ませられるのだ。悪意に満ちた寺岡は子供のようにいじめを繰り返す。同僚たちも見て見ぬふりをするなか、唯一の味方となる24歳の星野貞代が登場して、ほっとさせられる。そして、柳井はあるものを目撃する。大いなるカタストロフが起きるのは、その直後だ。いったい、柳井は何を見たのか。恐ろしいことに柳井の側についていた星野もまた、柳井の住んでいた世界に一歩、踏み込んでしまう。本当の悲劇がはじまるのはそれからだ。物語はそこから星野の視点にうつっていく。赤川次郎の巧みな筆致によって描き出されるこの星野のまなざしが心憎い。小説全体をなんともいえぬ温かみで包み込んでいるのだ。曲折を経て、寺岡の一人息子が、「工場に資料を届けなきゃ」と口にする場面では、じんわりと鳥肌が立った。物語はそこで終わるのではない。悪者だった寺岡にも転機が訪れるのだ。それにしても、せつない題名ではないか。使い走り、とは。

続けて第三話「最後の願い」。いきなり長年追いかけた凶悪犯を刑事が追いつめ、射殺するショッキングなシーンから幕を開ける。瀕死《ひんし》の重傷を負った犯人は死ぬ間際、近くにいた幼い娘を抱かせてくれと刑事にせがむ。その願いを聞き入れてくれた刑事に、きっと恩返しはするとつぶやいて犯人は死ぬ。刑事の一人娘が犯人の娘と同い年であり、この二人が時を経てめぐりあうというのがメインプロットだ。これだけでもわくわくする。途方もないラストに向かう予感が行間に満ちてくるのだ。まず刑事の一人娘に危機が訪れる。そこをある人物が救い出すのだが、この先を語れないのがもどかしい。とにかく、読んでもらうしかない。

第四話「人質の歌」。人質が歌うとは、どういうことだろうか、と疑問を浮かべながら読みはじめた。疑問はすぐとけた。とある銀行に宣伝のためら若い女性タレントが訪れるのだが、時を同じくして銀行に強盗犯が押し入ってくる。タレントはかつて自分の家庭教師だった女性銀行員とともに人質となってしまう。この女性銀行員がたくましい。かつての教え子だけではなく、銀行も救おうと大立ち回りを演じて見せるのだ。しかし、二人の敵は強盗犯だけではない。思わぬところから別の犯人が顔をのぞかせるのだ。一気呵成《いっきかせい》に物語は進み、予想もつかないラストを迎えるのだが、このあたりの演出も冴《さ》えわたっている。

第二話から第四話まで一気に読み通し、心地よい疲労感とともに本をふせた。的確な人物描写と息をつかせない筋立ては他の赤川次郎作品と同様だが、『恐怖の報酬』は人間の運命が持つ凄惨《せいさん》な一面を描くことによりさらに深みが増している。ことに第二話の星野貞代の印象が鮮やかだ。この星野を通して描かれる小説世界がなんとも心地いい。それにしても、赤川次郎はすごい。簡潔な文体の中に登場人物の素顔をさりげなく盛り込みながら、軽機関銃のように凝りに凝ったプロットを読者のつぼめがけて撃ち込んでくる。気取らず、それでいて含蓄のあるセリフも要所要所にちりばめられ、飽きさせることがない。気がつけば頁をひたすらくる自分を見つけることになるのだ。エンターテインメントの極意はここにある。

本書は、二〇〇四年一月に刊行された
角川ホラー文庫を改版したものです。

恐怖《きょうふ》の報酬《ほうしゅう》

赤川次郎《あかがわじろう》

平成16年 1月10日　初版発行
平成30年 9月25日　改版初版発行
令和6年 11月15日　改版5版発行

発行者●山下直久

発行●株式会社KADOKAWA
〒102-8177　東京都千代田区富士見2-13-3
電話　0570-002-301（ナビダイヤル）

角川文庫 20874

印刷所●株式会社KADOKAWA
製本所●株式会社KADOKAWA

表紙画●和田三造

●お問い合わせ
https://www.kadokawa.co.jp/（「お問い合わせ」へお進みください）
※内容によっては、お答えできない場合があります。
※サポートは日本国内のみとさせていただきます。
※Japanese text only

ISBN978-4-04-106594-5　C0193

角川文庫発刊に際して

角川源義

第二次世界大戦の敗北は、軍事力の敗北であった以上に、私たちの若い文化力の敗退であった。私たちの文化が戦争に対して如何に無力であり、単なるあだ花に過ぎなかったかを、私たちは身を以て体験し痛感した。西洋近代文化の摂取にとって、明治以後八十年の歳月は決して短かすぎたとは言えない。にもかかわらず、近代文化の伝統を確立し、自由な批判と柔軟な良識に富む文化層として自らを形成することに私たちは失敗して来た。そしてこれは、各層への文化の普及滲透を任務とする出版人の責任でもあった。

一九四五年以来、私たちは再び振出しに戻り、第一歩から踏み出すことを余儀なくされた。これは大きな不幸ではあるが、反面、これまでの混沌・未熟・歪曲の中にあった我が国の文化に秩序と確たる基礎を齎らすためには絶好の機会でもある。角川書店は、このような祖国の文化的危機にあたり、微力をも顧みず再建の礎石たるべき抱負と決意とをもって出発したが、ここに創立以来の念願を果すべく角川文庫を発刊する。これまで刊行されたあらゆる全集叢書文庫類の長所と短所とを検討し、古今東西の不朽の典籍を、良心的編集のもとに、廉価に、そして書架にふさわしい美本として、多くのひとびとに提供しようとする。しかし私たちは徒らに百科全書的な知識のジレッタントを作ることを目的とせず、あくまで祖国の文化に秩序と再建への道を示し、この文庫を角川書店の栄ある事業として、今後永久に継続発展せしめ、学芸と教養との殿堂として大成せんことを期したい。多くの読書子の愛情ある忠言と支持とによって、この希望と抱負とを完遂せしめられんことを願う。

一九四九年五月三日

角川文庫ベストセラー

さすらい　赤川次郎

日本から姿を消した人気作家・三宅。彼が遠い北欧の町で亡くなったという知らせを受けた娘の志穂は、遺骨を引き取るため旅立つ。最果ての地で志穂を待ち受けていたものとは。異色のサスペンス・ロマン。

沈める鐘の殺人　赤川次郎

名門女子学院に赴任した若い女教師はいきなり夜の池で美少女を救う。折しも、ひと気のない校内で鐘が暗く鳴り、不吉な予感が……女教師の前に出現する不可解な出来事。奇妙な雰囲気漂う青春推理長編。

真実の瞬間　赤川次郎

ハネムーンから戻った伸子は、突然、父親から20年前の殺人を告白される。果たして、父に何があったのか……社会的生命をかけて自らの真実を追求する男と家族との葛藤を描く衝撃のサスペンス。

雨の夜、夜行列車に　赤川次郎

地方へ講演に行く元大臣と秘書。元部下と禁断の恋に落ちた、元サラリーマン。その父を追う娘。この2人を張り込み中に自分の妻の浮気に遭遇する刑事。今しも彼らは、同じ夜行列車に乗り込もうとしていた。

勝手にしゃべる女　赤川次郎

なんとなくお見合をしようとした直子の下へ、叔母から紹介したい人がいるという話が…。その相手は、毎週日曜の夜9時に、叔母の家へ来るらしい。直子がそこで目撃した光景とは……。